新潮文庫

# 奪還のベイルート

上巻

ドン・ベントレー
村上和久訳

新潮社版

11719

# 奪還のベイルート

上巻

主要登場人物

ジャック・ライアン・ジュニア……〈ザ・キャンパス〉工作員
ジョン・クラーク…………………〃　工作部長
ドミンゴ・〝ディング〟・シャベス…〃　工作部長補佐
リーサンヌ・ロバートソン…………〃　元輸送部長
ピーター・ベルツ……………………ＣＩＡ工作担当官
ジャック・ライアン・シニア………アメリカ合衆国大統領
メアリ・パット・フォーリ…………国家情報長官
ベッカ・シュウェイガート…………応用物理学博士
トミー…………………………………ベッカの息子
アレックス・ブラウン………………グリーンベレーＯＤＡ555大尉
ケアリー・マークス…………………〃　曹長
ジャド・ムスタファ…………………〃　一等軍曹
ダグ・〝クラムドッグ〟・クラム……〃　衛生兵
タル・レヴィ…………………………イスラエル保安機関〈シン・ベト〉局員
ドゥドゥ………………………………〃
ファルハド・アフマディ……………イラン〈コッズ部隊〉司令官
ダリエン・モラディ…………………イラン情報省ＭＯＩＳ

# プロローグ

## シリア、
## アル・タンフ前哨《ぜんしょう》基地

「おれたちは、なんだって、またこんなところにいるんだ?」ケアリー・マークス曹長は、体重を片方から片方へと移し替えながらいった。こんなことをもう百回もくりかえしている気がする。

ケアリーと相棒の観測手がこもっている狙撃《そげき》用の隠れ場所はふたり用で、狙撃チームにとって多くの利点があったが、とりわけ重要だったのは、温度スペクトルでも可視スペクトルでも、ほぼ見えないということだった。これはケアリーが第五特殊部隊群で勤務した十五年間に経験したもののなかで、ハリー・ポッターの透明マントにもっとも近かった。

しかし、隠れ場所が技術的にいくらすぐれていても、シリアの大地は、少しも快適にならなかった。

「おれたちが特殊部隊だからさ」と、ジャド・ムスタファ一等軍曹はいって、Ｍ１５１観測スコープのフォーカス・リングを回転させた。「それはつまり、特別な汚れ仕事をやらなきゃならないってことだ」

いつものように、ものごとを控えめに表現するジャドの才能が、うるさい顔をのぞかせていた。〝特別な汚れ仕事〟という言葉は、この十二時間の純粋で混じりっけのないお楽しみを表現するのにはほど遠い。ケアリーとジャドは、彼らと仲間の陸軍特殊部隊員《ロング・タバー》たちがはてしないテロとの戦いを支援する無数の戦闘展開のあいだに完成させた戦技や戦術、手順にしたがって、現地時間〇三〇〇時ごろに潜入していた。

その時間は、無作為に選ばれたわけではない。航海薄明始まり（ＢＭＮＴ）の時刻は、〇五〇〇時だった。それは人間の目が暗がりから物体を見分けられるようになりだす時刻のことである。文明が誕生してから数千年たっても、人類はいまだに周囲の世界に調子を合わせているのだ。気づいていないかもしれないが、平均的な人間は、二十四時間周期のリズムによって、夜明けごろにはおちつかない気分になる仕組みになっている。

そのことを念頭に置いて、ケアリーとジャドは、世界の残りが熟睡しているあいだに、いま陣取っている浅い窪地《くぼち》に這《は》ってもぐりこんでいた。ところが、ごつごつした大地と周囲の低木の茂みはまさに彼らが望んでいた隠れ場所を提供してくれたものの、この仮住まいは五つ星とはいかなかった。ふたりは砂蚤《すなのみ》の巣にキャンプを設営していたのである。

それも大きなやつに。

グリーンベレー（米陸軍特殊部隊）は、基本となる十二名編制のＡ《アルファ》チームよりもはるかに多勢の敵軍を撃破するその能力で名高いかもしれないが、この戦いは種類がちがった。ケアリーはこの数時間、小さな虫たちと血なまぐさい消耗戦をくりひろげていたが、嚙《か》みつく蚤たちが勝利をおさめつつあった。

「もううんざりだ、ジャド」ケアリーは、右の睾丸《こうがん》に危険なほど近い、ひりひりする痛みを無視しようとしながらいった。「おまえさんの親類の誰かに助けをもとめるわけにはいかないかな？」

「おいおい」とジャド。「蚤の群れが嚙みつきながら脚を這いあがってくるからといって、そういらいらすることもないだろう。それに、おれはシリア人じゃない、リビア人だ、この無教養な田舎者め」

ふたりの特殊作戦隊員がかわす言葉は辛辣《しんらつ》だったが、その奥の感情はそれとはほど遠かった。ふたりの男はこれ以上ありえないほどちがった外見をしていた。ケアリー・マークスは、青い瞳《ひとみ》にブロンドの髪をしたニューイングランドの農家の小せがれで、無理強いされたときには、母音の発音で北部人《ヤンキー》にルーツを持つことがあきらかになった。ジャド・ムスタファの浅黒い肌の色と南カリフォルニアのサーファー風のなまりは、ケアリーとは対極にあった。ケアリーが万事でしゃばらないのにたいして、ジャドは人当たりが良かった。ジャドは好んで髪にジェルをつけ、流行の服装で着飾っていたので、チームメイトたちはよく、こいつは変装したＳＥＡＬ（米海軍特殊部隊）隊員にちがいないといってからかった。

しかし、こうした外見上のちがいとはうらはらに、ふたりの男は一枚のコインの表と裏だった。作戦分遣隊アルファ・チーム、略称ＯＤＡチームで勤務した年月のおかげで、彼らはこの種の活動に比類なく適した肉体になっていた。ふたりとも肩幅が広く、大きな背中をして、持久力を必要とするアスリートの肺活量に見合う、よく発達した胸まわりをしていた。

このふたりは、心理面では、よりいっそう似かよっていた。それぞれの出自や文化的伝統はまったくちがっていたが、それは重要ではなかった。軍隊に勤務する男女の大半と同様に、そして各種の特殊作戦部隊で勤務する者たちがまちがいなくそうであるように、肌の色と国籍のちがいは、とうの昔に問題ではなくなっていた。陸軍では、一種類の肌の色――グリーン――と一種類の血液型――赤――しか存在しなかった。

　ケアリーとジャドは、五、六回、いっしょに戦闘展開を経験したあとで、実の親や家系といった些細《ささい》な問題を飛び越えて、兄弟となった。ふたりの絆《きずな》は、軍があたえるもっとも困難な訓練のなかで身ごもられ、戦闘の銃火のなかで産声《うぶごえ》を上げ、銃弾が頭上をかすめ飛ぶなかでたがいの背後を守り合ってきた男たちだけが共有する、心底からの信頼へと成長していた。

　ふたりのグリーンベレー隊員は、たがいに文句をいい合うかもしれないが、それを見ていた誰かが、なにも知らずに、ふたりのあいだに割って入ろうとしたら、それこそ悲劇だ。

「笑わせるね」とケアリーはいって、ＳＩＧザウアーのタンゴ６Ｔライフルスコープで自分の分担区域を見まわした。「おれたちがイラクにいたとき、おまえさんはたしか自分がレバノン人だといってたはずだが」

「そいつは、あんたの耳のよさが銃の腕前とほぼ同じレベルだからさ。つまり、おれたちふたりとも知ってるように、からっきしってことだ。観測手のおれがいなけりゃ、あんたなんか――ちょっと待った。ボス、なんか見つけたみたいだ」

ジャドの口調の変化は明白だった。ケアリーは、数える気になれないほど多くの戦場で、この胸板の厚い観測手と肩をならべて数え切れないほどの時間をすごしてきたが、この半分レバノン人で半分シリア人で骨の髄までアメリカ人のグリーンベレー隊員は、仕事とお楽しみを混同しないことを心得ていた。

ジャドがケアリーを〝ボス〟と呼んだとたん、ジョークの時間は終わった。

「なにを見つけたんだ、兄弟？」ケアリーはいった。

「ランドクルーザー三台の車輛《しゃりょう》隊が正門へ向かっている。ポイント・アルファから三百メートル西に向いたら、見えるだろう」

ケアリーは、指示された方位にライフルを向けると、スコープ・リングに取りつけられたレーザー距離計をまわした。その瞬間、息がつまるような暑さも、まぶしい太陽も、疲労した筋肉も、太ももの内側を嚙みながら這い上がってくる無慈悲な蚤さえも意識から消え去った。これはもはや、土のなかに隠れて万事うまくいくことを願うゲームではなかった。ぴかぴかの塗装に黒光りするタイヤをそなえたスモークガラス付きのまっさらな新車の車輛隊は、周囲にそぐわなかった。

あれは普通ではない。

そして、ケアリーが給料をもらっているのは、普通でないことに気づくためだった。もっとも、正直なところ、ふたりが監視している砦《とりで》にかんして、普通に近いものはなにひとつなかったが。そして、シリアでは、これは並大抵のことではなかった。千メートル先にあるのは、伝統的な住居の特徴である化粧漆喰塗りの塀や、より近代的な住宅をしめすコンクリートとブロックの家々ではなく、唯一《ゆいいつ》無二の建造物だった。

端的にいって、ケアリーはこんなものをどんな場所でも見たことがなかった。土の防壁は高さが四メートル半、幅が三メートルあり、中東の家屋というよりも中世の城を連想させた。砂と土がブルドーザーで盛り上げられて天然の障壁となり、そのてっぺんは平らにならされて、数人で操作する重火器をそなえた戦闘陣地を築けるだけの広い台地になっている。その朝早く、ケアリーは、押し固められた障壁のてっぺんを、車輛が走っていくのをびっくり仰天しながら見ていた。その光景は、聖書に出てくる都市エリコの壁のてっぺんを二輪戦車《チャリオット》が疾走した話を思い起こさせた。

ケアリーは、まだ一台も二輪戦車を見ていなかったが、居住者の出入りを何時間も記録したあとでは、なにを見ても驚きはしなかっただろう。シリアの多くの民兵組織や自称軍隊に共通する寄せ集めの車輛とはちがって、土の砦の居住者たちは、驚くほど洗練された種類の車輛置き場を持っていた。

ケアリーはすでに五、六台の武装ピックアップトラック《テクニカル》に気づいていたが、よく観察してみると、改造ハイラックス・トラックには、彼が予想していた寄せ集めの感じはなかった。民兵組織は昔からDShK対空機関銃やM40無反動砲のような馬鹿でかい武器を車輛に載せている。そうした組み合わせは、彼らが狙《ねら》う標的と同じくらい、搭載車輛自体を破壊しかねない。

　それとはちがって、ケアリーが見たものには、特注製造による車輛と武装の融合が見て取れた。あの施設の武器整備員は、雇われて戦争の武器をでっち上げる信頼できない機械工ではない。砦の壁を巡回するハイラックスは、ケンタッキー州の第五特殊部隊群の車輛置き場で製造されそうなものを思わせた。

　これは、ひかえ目にいっても、やっかいな状況だ。

　しかも、それは彼が高機動多目的装輪車輛《ハンヴィー》を目にする前の話だった。

　監視が二時間を超えたころに、ケアリーは、二台の装甲強化したハンヴィーが施設の南側を回ってくるのを目にして、激しい衝撃を受けていた。車輛にはまだ米軍の標識がついていて、彼はてっきりアメリカ軍のパトロール隊を見ているのだと思いこんだ。彼が発見を通報しようとしたとき、ドアが開いて、シリア人たちがぞろぞろ降りてきた。施設を訪ねてくるはずの謎《なぞ》の人物はさておき、米軍のハンヴィーの存在はそれ自体、調査する価値があった。

　残念ながら、彼にはその機会がなかった。

　ケアリーとジャドは、衛星画像とドローンの画像を何時間もかけて検討し、身を隠せると同時に砦を見とおせる地点を探してから、監視哨の計画を立案していた。

　彼らはふたつの目標のひとつしか達成していなかった。

　ちくちくする蚤をべつにすれば、ケアリーは自分たちの見晴らしのいい地点が提供する隠遁《いんとん》生活に大いに満足していた。しかし、施設内部の見とおしは大失敗だった。砦の向こう側の建物は一部見て取ることができたものの、塀が急すぎて、それ以上見ることはできなかった。ハンヴィーは、同乗者を降ろし、かわりに勤務シフトを終えた衛兵たちを乗せると、塀にそって戻っていき、それから砦内部に通じる傾斜路に入って、視界からたちまち消えた。

　それでもケアリーはその場にとどまることに決めていた。謎めいたハンヴィーはさておき、狙撃手の隠れ場所は、施設に近づく道路を遠方まで見わたせた。そして、この作戦の発端となったＣＩＡ《エイジェンシー》の情報提供者は、こう断言していた。情報提供者がやって来ると主張する重要な訪問者は、飾り立てた黒のスポーツ用多目的車《SUV》に乗って西から近づいてくるだろう。

そして、彼らはやって来た。

「あいつら何者だと思う？」とケアリーはいった。

「見当もつかないね、ボス。なかの人間たちはカルト集団だったな？」

「情報局の連中はそう考えている」ケアリーはライフルの銃床に頬をぴったりつけたままいった。

ＣＩＡの工作担当官《ケース・オフィサー》は、あらゆる手をつくして説明しようとしたが、ケアリーは土の壁の向こうで行なわれていることにまだちょっと疑問をいだいていた。終末論的なカルトにかんするなにかだ。記憶が正しければ、その指導者は自分が古代のシーア派イマームの生まれ変わりだと信じていた。

とにかく、なんだかそんなようなことだ。

大半のグリーンベレー隊員と同様に、ケアリーはかなり多くの事柄の専門家だった。そうはいっても、エリコの壁の向こう側にいる変わり者の指導者が本当に聖職者の生まれ変わりかどうかは、彼の理解の範囲を少し超えていた。しかしまた、カルト集団のメンバーが自分たちの殻に閉じこもっているかぎり、なかにいる男が自分のことをムハンマドと思おうが、イエス・キリストと思おうが、エルヴィスと思おうが、実際にはどうでもよかった。

危険な道に足を踏み入れて生きている男女のほとんどについても同様で、問題の人々が誰も困らせていないかぎり、ケアリーは、自分は自分、人は人という生きかたの大の信奉者だった。アメリカの息子や娘たちに地獄の業火《ごうか》をお見舞いしようと熱心に活動する不満分子は、すでにたくさんいる。

新手の連中を増やしても意味はない。

しかし、ケアリーが観測してきた結果にもとづいて判断すれば、施設内の人々は自分の殻に閉じこもるつもりのようにはあまり見えなかった。この世の終わりをおとなしく引きこもって待つことに満足している人々は通常、数人で操作する重火器やアメリカ製のハンヴィーで武装したりしないものだ。そして、大半の終末論的なカルト集団の共通点は、自分たちの天啓があきらかになるあいだ、消極的に黙って見ているのを潔《いさぎよ》しとしないことだった。それどころか、彼らの多くは、自分たちの指導者が世界の終わりをもたらすのにひと役買うと信じていた。

そして、その役割には通常、罪もない人間の血が流されることがつきものだった。

今回の件では、CIAのスパイは、頭のイカれた連中がどうやって世界の終末をもたらそうとしているのかを知るために、グリーンベレー隊員たちに施設を監視下に置くよう依頼した。さらに、おそらくもっと重要なことに、彼らに手を貸す者がいるかどうかを。

もしケアリーが推測するとしたら、カルト集団の世界破壊計画にはおそらく、ちくちくする殺人的な砂蚤が関係していた。しかし、推測することと、知ることは同じではない。情報提供者は、カルト信者たちに武器を提供している連中が三台の黒い車輛に乗って到着するといっていた。

そして、彼らはやって来た。

なんとすばらしい《ハレルヤ》。

「衛星アップリンクの用意はいいか？」ケアリーは中央の車輛に照準点を合わせたままいった。

あの連中が何者かケアリーは知らなかったが、統計的に、車輛隊の中央の車輛は通常、即製爆弾《IED》を生きのびる可能性がもっとも高かった。もしこの車列に重要人物がいるとしたら、その人物がいるのはそこだ。

「アップリンクできない」とジャドがいった。「どこかから妨害が入っている」

ふたりの狙撃手は三十分ほど前に衛星アップリンクでチーム指揮官に定時連絡を入れたばかりだった。だからケアリーはこの突然の交信不能が偶然とは思わなかった。

テロとの戦いが本格的にはじまってから二十年以上がたち、戦術的テクノロジーは飛躍的に進歩した。アメリカがもっとも急激な進歩の数々を後押しするいっぽうで、アメリカの敵対者たちは技術にまさる強敵を妨害しようとして、たいした仕事をやってのけている。

よい例が、テロ組織はスマート爆弾を装備した第五世代の戦闘機を持っていないが、スマート爆弾を目標に誘導するＧＰＳ信号を妨害する装備をどんどん利用しつつあることだ。それと同様に、ケアリーの照準器に捉《とら》えられた悪党たちはたぶん、たえまない通信を保証する静止小型衛星網を持っていない。

しかし、もしかすると彼らは必要な波長を妨害する能力を持っているかもしれない。

いずれにせよ、それはケアリーの知ったことではなかった。グリーンベレーの用語集によれば、彼はエイティーン・チャーリーだった——爆破を専門とする特殊部隊工兵である。ジャドのほうは、エイティーン・エコーだった——コート・ハンガーと自動車用バッテリーと計算機から無線機をこしらえる能力を持つ通信のエキスパートだ。

すくなくともケアリーにはそのように思えた。衛星アップリンクを再度確立する方法があるとしたら、ジャドはそれをやるだろう。でなければ、狙撃チームは昔ながらのやりかたで仕事をこなすことになる——写真を撮って、それから暗くなるまで待って脱出し、収集した情報を、彼らがわが家と呼ぶＣＯＰつまり戦闘前哨基地に持ち帰る。

「了解した」ケアリーは、後部座席の窓を照準器に捉えつづけながらいった。「記録をつづけろ」

重要人物は、中央の車輛に乗るのにくわえて、通常は後部座席の、助手席の後ろに座っている。そうすれば、車の助手席側で用心棒が事態に対処しているあいだ、重要な積荷は防弾ドアとケヴラーで補強された座席の陰にうずくまることができる。

このささやかな出撃任務はただの潜伏偵察と説明されていたが、ケアリーはあらゆる作戦を、ひとつドジを踏んだだけでドタバタ騒ぎになるものだと考えていた。そう考えるおかげで、彼は、不可避の事態が発生して鋼鉄が飛びかいだした場合でも、驚くかわりに心の準備ができていた。すでに彼の頭の一部は、あらゆる優秀な狙撃手があやつる黒魔術で占められ、〝前回の交戦のデータ《DOPE》〟や〝終末弾道学〟、〝コリオリ効果〟、〝かまえ《ホールド》〟、〝相対風〟といった、部外者には聞いても理解できないたくさんの用語を検討していた。

わかりやすくいえば、ケアリーの脳味噌《のうみそ》の射撃指揮コンピューターは、彼が放つ必要があるかどうかわからない一弾に影響をおよぼすかもしれない環境要素をすべて計算していたのだ。特殊作戦目標阻止課程の第一日に、彼の教官がいったように、引き金を引くのは仕事のもっとも簡単な部分だった。

そのまえに起きるあらゆることが、狙撃手と普通の射撃手を分けるのだ。

かすかな風がケアリーの頰をくすぐった。たぶん風速〇・九メートルから一・三メートル程度だろう。とはいえ、万が一、ものごとが計画どおりにいかなかった場合にそなえて、ジャドに風速をちゃんと確認してもらう価値はあるかもしれない。これは彼が狙撃学校で学んだ二番目にだいじな教訓だった——なにかが計画どおりにいくためしはない。

これは戦場の双方に当てはまる自明の理だった。

まるでこの考えを痛感させるように、ＳＵＶ車の下から土とゴムがはじけ飛んで、フロントタイヤが爆発した。一秒後、風がするどいパンという音をケアリーの耳に運んできた。

「誰かがタイヤをパンクさせる鋲《スパイク》を片づけるのを忘れたようだな」とジャドがいった。「おれたちのお目当ての相手にとっちゃ最悪だな」

「ああ。だが、こっちには好都合だ。決定的な一枚を撮る準備をしろ」とケアリー。

「さあ、かわいこちゃん」とジャドはささやいた。「スカートをたくし上げるんだ」

最初、ＳＵＶ車の運転手は、なんとしても検問所を通り抜ける気らしかった。そこに物理現象が割って入ったのだ。空気が抜けただけでなく、ゴムがリムのまわりでばらばらになっていた。エンジンがうなりを上げ、車輪が回転して、黒いゴムの塊の残骸《ざんがい》をまき散らしたが、車はびくともしなかった。

「ランフラット・タイヤじゃないんだな」とジャドがいった。

「そうだな」とケアリー。「ホイールのリムで乗りつけようとしているらしい」

「うまくいかないね。砂地すぎる」とジャドがいった。

　またしても、ケアリーの観測手の予言は的中した。いまやゴムを失ったリムは、むなしく回転しながら、石や土を噴水のように舞い上げ、車は地面にはまりこんだ。少しのあいだ車体を揺すって動かそうとこころみたあとで、うなるエンジンがアイドリング状態になった。

「こいつは身辺警護班の大失態だな」とケアリーはいった。「いまごろはもう警護対象者を避難させていなければならないところだ。もしこれが待ち伏せだったら、中央の車輛はすでにおしまいだろうな」

「いいお手伝いさんを見つけるのはむずかしいものさ」とジャドはいった。「さてと、取りかかろう」

　先頭と後尾の車輛で助手席側のドアが同時に開いて、銃を持った同乗者の集団が降りてくると、中央の車輛に群がった。警戒陣が完全に配置についてからやっと、後部座席のドアが開いた。

「さあさあ、お嬢さん」とジャドがいった。「お顔を見せてくれ」

ケアリーはスコープの倍率を上げて、開いているドアに焦点を合わせた。つぎの瞬間、髭面《ひげづら》が視野に飛びこんできた。

見おぼえのある髭面が。

「こいつは驚いたな」とケアリーはいった。「地元の連中といっしょにやってきたのは誰か見てみろよ」

「やつに見おぼえがあるのか？」とジャドがたずねた。

「もちろんさ。俗説に反して、おまえさんたちシリア人は、みんながみんな瓜《うり》二つというわけじゃない」

「おれはシリア人じゃないぞ、このくそ人種差別主義者め。リビア人だ。さあ、その農家の小せがれのケツを蹴《け》り上げる前に、おれたちが見ているのは何者だか教えるんだ」

「無知な友よ、あれはファルハド・アフマディ将軍だ」

「つまりイランのコッズ部隊司令官？」

「まさにそいつだ」

「そいつが世界の終末をもたらすのに夢中のカルト集団となにをやっているんだ？」

「どうせろくなことじゃないさ」

# 1

## イスラエル、テルアヴィヴ
## カルメル青空市場

ジャック・ライアン・ジュニアは、ファラフェルをもうひと口ほおばると、何百という人々の群れからお宝を守るために、広い肩を丸めた。身長百八十八センチ、体重百キロのジャックは、アメリカ人の基準でも大男だ。イスラエルでは、群衆の大半より背が高かった。それでも彼は依然として、周囲をうろつく野犬の群れから獲物を守るライオンのような気分だった。

ジャックはそう想像して笑みを浮かべると、太い前腕を器用に使って、おしゃべりに夢中な三人組のティーンエイジャーを、手に持った汁気の多い料理から遠ざけるようにした。サバンナの野犬は、小さいくせにライオンから食料を奪おうとする。しかし、カルメル通りの狭い空間を行き来する群衆には、どんなに小さくても、アフリカの捕食獣のような悪意は存在しなかった。この十年かそこらで、ジャックは群衆を見抜くのがうまくなっていた。そして、この群衆は善意を発散していた。

地中海の太陽は、普通は〈フォトショップ〉加工した旅行パンフレットでしか見られない種類の完璧《かんぺき》な青空で輝き、心地よい光で群衆をつつみこんでいた。空気は暖かく、暑い季節のじっとりとした湿気は感じられなかった。ほんの数ブロック先の海からただよってくる潮のかすかな香りが、通りにずらりとならぶ無数の売店で調理される食べ物のスパイシーな匂いとまざりあっている。ジャックの耳は、店員と購入を考えている客が値段と商品をめぐっていい争ういくつかの言語の断片をとらえた。

ジャックは外国の地元住民に慣れていないわけではなかったが、テルアヴィヴにはどこか本質的に心奪われるようなところがあった。この街は刺激的で、シリコンバレーのそれに匹敵する鋭敏な頭脳と限りない夢を持った起業家がひしめいていた。中東で唯一の民主社会であるここでは、天候はすばらしく、女たちは美しい。人々は友好的で、食べ物はおいしかった。ようするに、バカンスに完璧な都市である。

しかし、ジャックはバカンス中ではなかった。

まるでタイミングをはかったかのように、ひとりの男が小路の向かい側のテーブルに面したプラスチック製の椅子《いす》に腰を下ろした。四十代後半から五十代前半で、ブロンドの髪をふさふさと生やしているが、こめかみのところがちょっと灰色になりだしている。男は、青空市場につきものの砂や土に慣れていない人間の潔癖な態度で、テーブルからほこりをはらった。目の前の場所から現実と想像上のあらゆるほこりを片づけると、手を上げてウェイターを呼んだ。

経営者が笑顔でやって来ると、男は英語でコーヒーを注文し、それからお決まりの〝トダ〟、つまり、ありがとう、とつけくわえた。ウェイターはふたたび笑みを浮かべると、男の注文の品を取りにいった。

国籍もさまざまな群衆のなかのありふれた外国人のひとりだ。

しかし、ジャックの熟練した目には、男は依然として場ちがいに見えた。

オリーブ色がかった肌の海にかこまれた白い肌のせいでも、服装のせいでもなかった。買い物客の大半はイスラエル人あるいはアラブ人だったが、多くのヨーロッパ人が地元住民にまじっていた。しかも、男は現地のファッションをかなり上手に取り入れている。地元風にボタンダウンのシャツを着て、一房の胸毛がのぞくように襟元を開き、ジーンズと実用本位の靴を履いている。

いや、男の衣服や遺伝的特徴のせいではない。彼の挙動が問題だった。午後の買い物客は彼以外みんな、押し合いへし合いなんのそのの自由競争原理にどっぷりと漬かっていたが、男はあきらかにぴりぴりしていた。首を鳥のようにきょろきょろと動かして、小路の端から端まで見わたし、通行人ひとりひとりを注意深く観察している。まるで任務をあたえられた男のように。

男はまさしくそうだった。

しかし、彼はそうではないようにふるまうことになっていた。

ジャックはファラフェルの最後のひと口を口に放りこむと、手から食べ物の屑《くず》をはらい、ポケットから携帯電話を取りだした。ノートのアプリを開くと、ジャックは最初の印象を書き留めはじめた。テルアヴィヴはすでに彼のお気に入りの街のひとつで、海岸ぞいをひとっ走りして、地元の逸材に見とれる以外にはなにもしたくない気分だったが、彼がここにいる理由はそれではなかった。

厳密にいえば。

諜報《ちょうほう》活動は慎重を要する仕事だ。気が遠くなるほど技術が進歩しても、工作員あるいはスパイをあやつるのは依然として、ひどく人間臭い活動だった。それゆえ、その大半は印象あるいは直感にもとづいている。そして目下のところ、コーヒーを注文したばかりの男は、すでにカフェインを多く摂取しすぎているかのようなふるまいをしていた。

男の飲み物は、小さなガラス製カップに入った、真っ黒で熱々の地中海スタイルで運ばれてきた。男はそっけない会釈《えしゃく》とひと握りのシェケル硬貨でウェイターに礼をした。それから、男ははっとして、胸に掛けた革製の小型かばんのことを思いだしたようだった。人目を気にしたすばやい手つきで、バッグを首からはずすと、左右に目を走らせながら、それを足もとに置く。まるで、誰かが注目しているか判断しようとするように。

誰かが注目していた。

ジャックが。

ジャックは携帯電話にメモをさらにひとつふたつ打ちこむと、ポケットに機器を戻した。自分がこれほど未熟だったことがはたしてあっただろうか？　彼はこの口に出さない質問に含み笑いで答えた。

もちろんだとも。

幸運にも、ジャックの教師たちは、業界で最高の顔ぶれだった。数々の逸話で知られる〈レインボー・チーム〉の創設メンバーであるジョン・クラークやドミンゴ・シャベスのような戦士たちが、ジャックの戦術と火器の教官だった。現在の国家情報長官で、かつてはクレムリンの内部に巣くう工作員をあやつっていたことで有名なＣＩＡ工作担当官だった大物スパイのメアリ・パット・フォーリは、隠密《おんみつ》のスパイ活動に必要な技術のより微妙な細部を彼に指導してくれた。

ジャックは〈ザ・ファーム〉と呼ばれるＣＩＡの新米隠密工作員用の学校にかよったことはなかったが、それに劣らないほど名声のある基幹要員がスタッフをつとめるべつの厳しい学校を経験してきた。しかし、コーヒーをちびちび飲んでいるあの見習いスパイは、そうした訓練をまったく受けていなかった。男は諜報活動のプロではなかった。ＣＩＡが重要と見なす情報を入手できる誰かさんにすぎなかった。もしこれがべつの職業だったら、ジャックはあの新米に多少の寛大さをしめす気になったかもしれない。

しかし、そうはいかなかった。

諜報活動というゲームの参加者は全員が真剣勝負だし、ジャックの体にはそのことを証明する傷があった。荒っぽい秘密活動の世界では、仕事を首尾よくこなすことイコール生きのびることであるいっぽうで、二等の残念賞は多くの場合、死体袋だった。だからこそ、命が本当に危険にさらされる前に、作戦上必要とされる才能がスパイ候補者にそなわっているかどうかを判断することが不可欠なのだ。

ジャックは腕時計に目をやった。任務前の状況説明によれば、きっかり五分後に、お楽しみがはじまるはずだ。これはジャックにとってはじめてのＣＩＡ《エイジェンシー》との合同作戦だったので、ラングレー（ＣＩＡ本部）の男女がどれほど時刻表に忠実であるかはっきりしなかった。しかし、もし推測しなければならないとしたら、たぶん状況は秒単位で仕組まれているだろう。采配を振る工作担当官のピーター・ベルツは、かつて若い兵士だったころ、ジャックの指導役のディング・シャベスとともに第十七歩兵連隊第三大隊、通称〝ニンジャ部隊〟で勤務したことがあった。

軍人は時刻表を守るのが大好きだ。

小路の向こうで、小型かばんの男がコーヒーを口元に近づけたが、それからひと口も飲まずにガラスの器をテーブルにがしゃんと置くと、首をのばして、ジャックの右側のなにかに注目した。火傷《やけど》するほど熱い液体がカップのふちからあふれ、テーブルの白い樹脂面に褐色の水たまりを残した。

ジャックは顔をしかめた。

乱暴にあつかわれたせいで、まちがいなくカップの底にたまっていた澱《おり》の層がかき乱され、コーヒーは飲めたものではなくなっている。しかし、この起きたばかりの滑《こっ》稽《けい》な一幕は、いまや台無しになった一杯のコーヒーだけですまなかった。このスパイ志望者の行動は、注目を集めつつあった。樹脂にぶつかるガラスのするどい音を耳にして、数人が騒ぎの発生源のほうをふりむいた。同時に、この風変りな客にコーヒーのお代わりが必要かたしかめるために、店主がバーの向こう側の定位置を離れた。

さらに悪いことに、男は自分が注目を集めつつあることに気づいていないようだった。ウェイターがテーブルにやってきて、どんどん広がっていくこぼれたコーヒーを格子《こうし》柄のふきんでふき取り、騒ぎに対処したときも、男はこれ以上ないほど無関心だった。彼の関心は、そのかわりに、ジャックの右肩ごしに向けられていた。

それはまったく見当ちがいな方向だった。

ジャックはため息をついて、心のなかで記録中の論評にさらなるコメントをつけくわえると、今度はふえつづけるマイナスポイントを埋め合わせるために、なにかプラスのポイントを探そうとした。

スパイが接触するタイミングまではまだ五分間あったし、これは重要な点だった。接触のタイミングがおとずれる前の時間は、原則的に、スパイが尾行されていないこと、そして監視下に置かれていないことを確認するためにあてられる。優秀なスパイはこの時間を利用して、目立たないようにしながら、ほかの情報機関のプロを見分けようとする。

しかし、男は、静かにコーヒーを飲みながら一見偶然のように通りすぎていく人々の顔を記憶に留めるどころか、緊張で震えんばかりだった。訓練学校出たてのＦＢＩの対敵諜報捜査官でも、三、四メートル先からスパイの高ぶった神経に気づいただろう。ジャックにとっては、男はカメラのストロボも同然だった。

しかも、本当のお楽しみはまだはじまってもいなかった。

# 2

「きれいな色ね、わかる？」
市場の喧騒《けんそう》のなかで、そうたずねる声が響いた。女性の声だ。あるいは、アメリカ風のなまりがその言葉をいっそう目立たせたのかもしれない。ジャックは、予想外の邪魔者のほうに注意を移した。子供連れの女性が、彼の左側の色あざやかな布地をあつかう売店の前に立っていた。

女性はジャックより数歳上、たぶん三十代後半で、ランニング愛好者のほっそりとした体型をしている。ショートパンツにタンクトップ、スニーカー姿で、栗色《くりいろ》の髪を無造作に団子状にまとめている。

世界共通の母親の旅行姿だ。

「あなたが好きなのはどっち？」と女性はいって、あざやかなグリーンに染められた長い布地に指を走らせた。

彼女の質問は、七歳か八歳ぐらいに見える少年に向けられたものだった。少年は母親と同じように、ショートパンツに〈マーヴェル〉のTシャツ、スニーカーという屋外用の服装だった。服装の仕上げに、〈シンシナティ・レッズ〉の野球帽を、カールした褐色の髪が鍔《つば》からこぼれるほど粋《いき》な角度にかたむけてかぶっている。

しかし、似ているのはそこまでだった。

にぎやかな市場の光景と音に心から魅了されている様子の母親とちがって、少年は自分の周囲に関心を向けてはいなかった。しかし、それは、スマートフォンの魅惑の声や、それ以外の心を惑わすなにかの電子機器に気をとられているせいではなかった。

それはちがうなにかだった。

少年は、しっかりと母親の手を握っていたが、地面にじっと集中していた。その視線が右に左に走っている。まるでごみやがらくたに興味を引かれているのだが、彼の注意をとらえるにはつかみどころがなさすぎるかのように。

「お腹《なか》がすいてる？」女性はそういうと、光沢のある布地から指を離して、売り子をひどくがっかりさせた。「アイスクリームでも食べる？」

その問いかけで、ジャックはてっきり少年のうつろな表情が笑顔に変わると思った。自分があの年齢だったのはずいぶん昔の話だが、ジャックは少年のつらい立場に共感できた。彼の両親もまた四人の子供を異文化に触れさせる価値をみとめていて、ジャックはごく幼いころ、父がイギリスの秘密情報部との交換勤務中に、イギリスで博物館めぐりをしたことをおぼえていた。

幼児が楽しいと思うようなことではない。

それでも、〝アイスクリーム〟という魔法の言葉は通常、退屈きわまりない一日でさえ変えることができるものだ。しかし、少年の反応を見るに、彼の母親は彼に〈テルアヴィヴ美術館〉の巨匠部門を一日がかりで見てまわりたいかとたずねたも同然だった。少年はうつむいたまま、顔は無表情で、その視線はひとところに留まることなく、地面をさまよっている。

女性は、子供と同じ目の高さになるまでしゃがむと、もう一度、たずねた。「アイスクリームはどう、トミー？　お母さん、知りたいの」

トミーの頭が突然、動きを止め、その目が母親の右の靴を通りこして、なにかに釘《くぎ》づけになった。そして、ぽっちゃりとした指を尻ポケットにつっこむと、〈キャプテン・アメリカ〉のフィギュアを取りだした。トミーは、彼の注意をとらえたなにかの砂つぶから視線をそらさずに、フィギュアを二回、うなずくようにちょこんと下げた。

「わかった」と女性はいって、両手で息子の顔をはさんだ。「アイスクリームね」

女性はトミーにむかって一瞬、にこやかに微笑《ほほえ》むと、彼のぽっちゃりした頬を指先でなぞりながら立ち上がった。

その瞬間、ジャックは理解した。子供のころ、彼には自閉スペクトラム症の男友だちがいたからだ。母親と息子が群衆のなかに消えていくとき、少年は〈キャプテン・アメリカ〉を尻ポケットに押しこんだが、ちゃんと深くまで押しこまなかった。通りすがりの人とぶつかったとき、アクション・フィギュアは尻ポケットから飛びだして、よごれたコンクリートの上にころがり落ちた。

ジャックはとっさに椅子から立ち上がると、落ちたフィギュアに向かって群衆をかき分けていった。

ジャックは、幼稚園でアーロンに出会った。彼は高機能自閉症で、あまり親しくない知り合いならたぶん、症候群に気づかなかっただろう。しかし、彼には、真面目一筋の母親が変わった癖と呼ぶ、いくつかの独特の性質があった。そのひとつが、彼がつねに持ち歩いている腐食した一セント銅貨だった。四年生のとき、学校のいじめっ子がアーロンを泣かそうとして、軽率にも一セント銅貨を盗んだことがあった。軽率にもというのは、ジャックが友だちを迫害した相手に雷のように飛びかかったおかげで、泣いたのはいじめっ子のほうだったからである。

ジャックといじめっ子はふたりとも校長室に呼ばれ、そしていかにもライアン家らしいやりかたで、お決まりの保護者面談に出席したのはジャック・シニアだった。ジャックは閉ざされたドアの向こうでどういう話があったのかいっさい知らなかったが、帰宅する車内でかわした会話を忘れることもなかった。

「おまえは、けんかは御法度《ごはっと》という学校の方針に違反したので、停学処分になった。世のなかとはそういうものだ。しかし、善良な人間はときには正しいなにかをなすために進んで代償をはらわねばならないものなんだよ」

ジャックがアクション・フィギュアをよごれたコンクリートからひろい上げたとき、彼が見ていたのは、カールした褐色の髪に野球帽をかぶった七歳の少年ではなかった。アーロンだった。アーロンと緑青《ろくしょう》がこびりついた彼の一セント銅貨だ。

「奥さん」とジャックはいって、女性の肩をぽんと叩《たた》いた。「息子さんがこれを落としたようですよ」

女性はふりむき、その視線が、ジャックから、彼の差しだした手に握られた〈キャプテン・アメリカ〉のフィギュアに移った。

「まあ、ご親切に、ありがとうございます」と女性はいって、感謝の気持ちのこもった手つきでジャックから玩具《おもちゃ》を受け取った。「あなた、はいこれ」といって、笑顔でトミーにフィギュアを差しだした。「なくさなくてよかったわね」

トミーは両手で〈キャプテン・アメリカ〉を受け取るために、母親の手を離した。指がフィギュアをさっとつかんで、夢中で傷の度合いを判定するあいだも、視線は足もとに向けられたままだ。友だちに危害がくわえられていないことを確信してやっと、スーパーヒーローは彼の尻ポケットに戻された。

トミーはうつむいたまま、短くつぶやいた。

「ありがとう」

女性は、息子からジャックへと視線を移すと、はっと息を呑《の》むのをこらえた。その表情はいまやにこやかになっている。彼女はしゃべりはじめた。最初、言葉は途切れ途切れだったが、すぐによどみなくなった。ジャックは彼女の幸せの温かみを感じたが、彼女がいっていることをちゃんと聞いてはいなかった。ほかのものに神経を集中していたからだ。

背後から彼女に近づいてくる男に。

男はナイフを持っていた。

## 3

至近距離で熟練した手にかかると、ナイフは銃よりずっと恐るべき武器となる。

トミーの母親に忍び寄る男は、三メートルも離れていなかった。

もし説明しろといわれても、ジャックには、いったいどうして男が刃渡り十五センチの折りたたみナイフでこれからやろうとしていることがわかったのか説明できなかっただろう。直感でわかったのだ。たぶん牧羊犬が羊の群れにたいする脅威を本能的に嗅《か》ぎつけるのと同じようなものだろう。たとえその脅威が、二本の足で近づいてこようと、四本の足で近づいてこようと、変わりはない。

ジャックは彼の存在の原初的な部分で、男が表わしているものを理解した。世界屈指の危険な男女たちと訓練をかさねた歳月によってとぎすまされた部分で。心臓がひと打ちするあいだに、ジャックは狼《おおかみ》を見分けていた。つぎは牧羊犬の仕事をやる番だ。羊の群れを守るのだ。

ジャックは腰で女性を押しのけながら彼女のわきを抜けて突進し、彼女の腎臓《じんぞう》から十センチ未満のところでナイフを食い止めた。ジャックは両手で襲撃者の手首をつかみながら、母親とナイフ男のあいだに自分のラインバッカー・サイズの体軀《たいく》を割りこませた。ジャックは母親が地面に倒れこみ、炎の条《すじ》が自分の前腕を横切るようにぱっくり口を開けたのに気づいた。しかし、こうした神経からの情報は、まるで朝靄《あさもや》につつまれたかのように、ぼんやりとしていた。そのかわりに、ジャックという存在のすべては、たったひとつのことにレーザー光線のように集束していた——生きつづけるということに。

ナイフ男がジャックの手首固めをふりほどくと、光る鋼鉄が戻ってきて、銀色のきらめきがジャックの腹部をねらった。ジャックは教わったとおり、今度は残るもう片方の左前腕を犠牲にして、ナイフから脆弱《ぜいじゃく》な腹部を守った。

またしても炎の条が走り、今度は血が腕をたらりと流れ落ちていく感覚があった。

ジャックは刃物を追ってナイフ男に体当たりを食らわせ、ナイフを持つ手を襲撃者の上体に押しつけて動けなくしようとした。いまやジャックは襲撃者と体を接していた。男の酸《す》っぱい体臭が鼻をつき、ぜいぜいという息が聞こえ、筋肉がこわばるのが感じ取れる。

これが、映画が描かない、徒手格闘戦の血のかよった理屈抜きの性格だ。

ジャックはナイフ男の腕を男のがっしりした上体に押しつけ、襲撃者のアジア系の顔立ちと冷徹な黒い目と、鼻を突き合わせた。もう一度手首をつかみたい衝動にかられたが、そうしなかった。かわりにナイフを動けないようにしたまま、座骨神経をねらって、男の脚に膝蹴《ひざげ》りを食らわした。

取っ組み合いをはじめて五、六秒で、ジャックは無意識のうちに相手を値踏みしていた。男は優秀で、もしかするとジャックより上手《うわて》かもしれない。ナイフ男になにかほかに考えることがないかぎり、手首固めだけでは効果的ではない。

たとえば、脚を走る苦痛のようななにかが。

ジャックは男の脚にすばやく二回攻撃をあたえ、自分の膝蓋骨《しつがいこつ》が襲撃者の脛骨《けいこつ》をまっぷたつに折るところを思い浮かべた。しかし、ナイフ男は身をよじって肉付きのいいハムストリング筋に打撃を食らうかわりに、ジャックに向かって体を回転させた。そのためジャックの膝は男の大腿四《だいたいし》頭筋《とうきん》にぶちあたることになったが、襲撃者は不快そうな息を漏らしただけでこの攻撃に耐えた。

そこでジャックは理由を理解した。

ジャックが暗殺者の脚を粉砕することに夢中になっているあいだに、アジア人は釘づけになっていた左手から自由な右手にナイフを持ちかえていたのだ。いまやその手が、ジャックの胸郭目がけて、すばやく動いた。

ジャックは飛びのいて、両足を踏んばり、ナイフ男の左手を両手でつかんだ。がっしりとした両肩をこれ以上ないほど小さな弧を描いてすばやく回転させ、襲撃者の腕を自分の体と斜交《はすか》いにぐいとひっぱりながら、後ろ側の脚を自分が仕掛けた暴力の円周いっぱいにのばした。

この策略は、型破りだったが、背負い投げの事実上の代用品だった。ジャックが獰《どう》猛《もう》な弧を描いて肩と腰にあたえた回転力によって生じたエネルギーの量と、襲撃者自身の前に突進する勢いが合わされば、この投げはナイフ男の肩を脱臼《だっきゅう》させ、ついでに手首を折るのにじゅうぶんな力を発生したはずだった。

〝したはずだった〟というのがこの場合重要な言葉だ。

襲撃者はまたしても物理の法則を無視したようだった。ナイフ男はジャックの脚ばらいを機敏に飛び越えると、自分の腰がなんとかジャックの腰にかからないようにした。それから、ジャックの背中と肩の隆々たる筋肉が発生する力にさからうのではなく、投げに身をまかせて、頭から群衆に身を投げだし、ジャックの手から腕をふりほどいた。

ジャックがたったいま起きたことを頭のなかで処理しているあいだに、男はふたたび立ち上がった。けがひとつしていない。ただしナイフはジャックが手から取り落とさせたので持っていない。すると、男はポケットに手をのばし、もう一梃《ちょう》の刃物を取りだした。

予備のナイフを。

それはそうだろう。

ジャックはもとのナイフが石畳の通りに落ちているのを見つけてひろい上げた。強化プラスチック製の柄に指が触れると、腰を落としてナイフ戦闘用のしゃがんだ体勢になり、アジア人が自分に迫ってくるのを待ちかまえる。しかし、暗殺者の姿はどこにも見あたらなかった。ジャックは襲撃者の姿を探して群衆を見まわし、暗殺者が優位な立場を明け渡した理由を理解しようとした。

そのとき、彼の腰のくびれに拳銃《けんじゅう》が押しつけられ、ジャックはもう不思議に思わなかった。

# 4

「あなたは何者?」

「もう話したよ」ジャックはそういいながら体重を移し替えて、少しでも楽な体勢になろうとした。これはふたつの理由で勝ち目のない戦いだった。第一に、イスラエル人は肉付きのいいアメリカ人を想定して椅子をデザインしていない。第二に、取調室は心地よい家具で有名なわけではない。

「もう一度、話してくださいよ」

今回の要請はおだやかで、友人同士のさりげない会話に近かったので、ジャックは答えたい気分になった。彼はすでに一時間以上かけて身の上話をくりかえしていて、自分のイスラエル冒険旅行のこのくだりを終わらせたかった。しかし、もっと重要だったのは、ふたり目の取調官が、刺殺未遂事件の張本人がジャックではないと信じているらしいことだった。

彼女が見目うるわしいということも有利に働いた。取調官の片方が女優のガル・ガドットに勝るとも劣らない美人としたら、おなじみのいい警官と悪い警官の小芝居にたよる必要が誰にあるだろう?

「名前はジョン・パトリック・ライアン・ジュニアだ」とジャックはいった。その視線と答えは、金属製テーブルの向こう側に座る女性取調官だけに向けている。これは、関係を確立する努力が実を結びつつあると女性に思わせると同時に、彼女の男の相棒を心底いらいらさせるためだった。それに、彼女のオリーブ色の肌と暗色の瞳、日にさらされメッシュになった褐色の髪は、取調室のオフホワイトのコンクリート・ブロック壁と傷だらけのリノリウムの床よりはるかに興味深かった。

彼女の相棒は、室内のぱっとしない内装にもっと似つかわしかった。小柄で筋肉質のずんぐりした男で、褐色の髪の毛を短く刈っているので、まるで光る頭に無精髭《ぶしょうひげ》が生えているようだ。唇はつねにへの字にゆがめられ、まるで絞める首を探しているかのように、たえず拳《こぶし》を握ったり開いたりしている。

たとえばジャックの首を。

敵意をやわらげるような女性の美貌《びぼう》はさておき、彼女の背後で狭い室内を行ったり来たりしている男は、ジャックを勾留《こうりゅう》している組織のカリカチュアをより思わせた。

組織の公式名称は長くて、ヘブライ語を話さない人間には容易に理解できなかったが、その略称はよく知られている。〈シン・ベト〉——イスラエルの国内保安機関だ。

「なぜイスラエルにいるの、ジャック？」

質問はふたたび女性から発せられた。彼女は笑顔を浮かべて話した。まるで彼女とジャックが、気まずい話題を避けるためにわざと嘘《うそ》をやりとりしている友人であるかのように。

〝お母さんはお元気？〟

〝元気だよ——これ以上ないほど〟

「観光さ」とジャックはいって、何度もやったように椅子の上で位置を変えた。「この話はもうしただろう」椅子の鉄パイプは、彼の尻の肉を無感覚にさせようと決意しているようだった。

「がまんしてつきあってちょうだい、ジャック」と女性はいった。「あとちょっとで終わるから」

彼女はそういいながらにこやかに笑い、両頰に笑窪《えくぼ》が浮かんだ。ジャックは笑い返さなかったが、それは容易なことではなかった。あのきらきら光る目と明るい人柄、はっとするような笑みで、札付きのテロリストをいったい何人、取り押さえたのだろう、とジャックは思った。

シン・ベトの局員は美人だったが、近寄りがたいほどの美貌というわけではなかった。男性がちょっとおしゃべりをして、彼女の脇目もふらない注目の温かみをちょっと感じたいと思う種類の女性だ。彼女の陰気で筋骨隆々の相棒はさておき、ジャックの直感は、彼女がふたり組のうちでより危険なほうだと告げていた。

「わたしの話はもう終わったよ」とジャックはいって、前に身を乗りだした。その態度は挑発的だった。「誰かがアメリカ人女性を殺そうとして、わたしがそいつを止めたんだ。素直にありがとうといえば、それでじゅうぶんだった。ところがそのかわりに、きみの相棒の馬鹿はわたしの背中に拳銃を突きつけ、悪党は逃げ去った。この話はもう三回もしたよ。四回目をやるつもりはないね。わたしを解放するか、うちの大使館と話させてくれ」

「きみは自分がアメリカ人だからタフガイだと思っているのかね？」女性の相棒がそういうと、彼女の肩ごしにのしかかってきた。

「いいや」とジャックはいった。彼のアイルランド系の癇癪《かんしゃく》がこみあげてきた。「わたしはタフガイだからタフガイなのさ。ためしてみるかい？」

男はテーブルをまわって突進してくると、ジャックのシャツの襟をつかんだ。

「おまえはいまおれの国にいるんだぞ、ジャック・ライアン」と男はいうと、拳をひねって、襟首を絞め上げた。「おまえの国の憲法はここじゃおまえを守ってくれないんだ」

「やるんならさっさとやれよ」とジャックは男の目をにらみつけた。「好きにするがいい」

男の表情が暗くなり、一瞬、ジャックはシン・ベトの局員が自分の提案を受け入れると思った。そのとき、女性の声が一連のヘブライ語でテストステロンを突きさした。男は怒鳴り声で答えたが、ジャックの襟の絞めつけはそれ以上、きつくならなかった。

「ママのいうことを聞けよ」とジャックはいった。「ママはおまえにけがをさせたくないんだ」

男の顔が赤くまだらになった。男はジャックを乱暴に椅子に押し戻したが、彼の指があきらかにやりたがっているように首を絞め上げたりすることなく、ジャックのシャツを離して、後ろに下がった。

「アメリカ人め」と男はいって、手のほこりをはらった。「まったく傲慢《ごうまん》なやつらだ」

「たぶんそうだろうな」とジャックはいった。「だが、あの女性はわたしのおかげで生きているんだ。そいつがあんたとはちがうところさ」

シン・ベトの局員は小さく一歩前に出たが、またしても女性が割って入った。彼女がいったことは理解できなかったが、それでもその主旨はジャックにわかった。男は肩をぐるぐるまわし、頭を左右にふって、首をのばした。

それから、男は出口へ向かった。

「話ができて楽しかったよ」男がドアを開けると、ジャックはいった。

男は肩ごしに目をやって、黒い瞳でジャックの目をにらんだ。

「空港へ行って、どこかほかへ向かう最初の飛行機に乗るんだな」と男はいった。

「ここ以外ならどこでもいい」

「ご忠告、感謝するよ、はりきり屋くん」とジャックはいった。「では、おかえしに、ご忠告を差し上げよう――とっとと、うせろ」

男はジャックをにらみつけると、猛然と戸口から出ていき、音高くドアを閉めた。

「あなたとドゥドゥは、まちがいなく気が合う感じがしたのにね」と女性はいった。

また笑みが彼女の表情を明るくした。

「誤解しないでもらいたいんだが」とジャックはいった。「きみの相棒が馬鹿《アスハット》なのさ」

女性は首をのけぞらせて、笑い声をあげた。陽気な声を聞いて、ジャックの顔にも笑みが浮かんだ。

「アスハットね」と彼女はいいながら、目から涙をぬぐった。「おぼえておかないと」

「きみの英語学習を手伝えてうれしいよ」とジャックはいった。「さて、こいつはじつに楽しかったけれど、わたしは本気で観光に戻りたいんだ」

「ええ、もちろん」と女性はいって、ジャックの不安を払拭《ふっしょく》した。「この国には絶景がたくさんあるわ。とくになにかご案内できるかしら？」

「わたしは歴史学の学位を持っていてね」とジャックはいった。「だから、イスラエルにわたしの興味を引かない場所はほとんどないといっていい」

「だったら、ねえ」と女性はいって、立ち上がった。「もしかして、地元の人間にあたりを案内してもらいたい？」

彼女はたずねながらまた微笑んだが、今度はその目の奥にもっとなにかがあった。なにか……興味深いものが。

「取り調べをする相手にはみんなそういう申し出をするのかな？」とジャック。

「あら、ジャック。これはただの気の置けない会話よ。もしあなたが取り調べを受けているのだとしたら、わかるでしょ」

女性の口元はまだ笑みを浮かべていたが、その目は笑っていなかった。

「そういうことなら」とジャックはいって、椅子から立ち上がった。「きみの申し出を受けたいのはやまやまだけど、遠慮することにしよう。わたしは自分が耐えられるほとんどすべての興奮を味わってきたからね。それにこいつの手当をしなくちゃならないし」

ジャックは両手を上げて、両方の前腕の包帯を見せた。ナイフの切り傷は浅いほうだったが、ジャックは経験から暗殺者の刃物が清潔なことはめったにないのを知っていた。シン・ベトの医者はちゃんとした応急処置をしてくれたが、ジャックは〈エアビーアンドビー〉の宿泊先に戻る途中で薬局に寄って、自分の目で見てみたかった。

「残念だわ」と彼女はいって、取調室のドアを開けた。「気が変わったら、電話をちょうだい」

女性はジャックに名刺を渡した。〈タル・レヴィ〉という名前が黒いインクで印刷され、その下に９７２ではじまる電話番号が書かれている。

それ以外はなにもない。

「ありがとう、タル」とジャックはいった。「きみの申し出を心に留めておくよ」

「それでは足りないわ」とタルはいった。「わたしの相棒はつい感情に流されてしまったかもしれないけど、いっていることはまちがっていなかった。わたしたちの国々は友好関係にあるけれど、それでも同盟国の国土で調整なしに活動するのは礼儀にかなっていない。もしあなたがシェファー・ストリートの滞在先を引き払って、空港以外のどこかへ行くつもりなら、その名刺の番号に電話をかけることを強く勧めるわ。わたしは、不運な出来事がこれ以上、あなたの滞在を台無しにするのがいやなの」

タルはそういいながら最後に微笑んだが、彼女の思わせぶりな態度は消えて、べつのものに取って代わっていた。

厳しさに。

## 5

ジャックはタルの別れの言葉を思い返しながら、ウェイターを待った。世界中の情報機関と同様、ジャックがつれていかれたシン・ベトの支局は、その存在を世間に宣伝しているわけではなかった。海にほど近い、葉の生い茂る木々が立ちならぶ大通りに面した、特徴のない建物は、通りの片側では流行の衣料品店と軒をつらね、もう片方の側では屋外にテーブル席を配したカフェと張り合っている。

人々が歩行者ゾーンをぶらぶら歩いているあいだに日差しはやわらいで、ユーカリの枝のあいだからちらちらちらする影を投げかけている。自転車がスクーターと競い、イスラエル人たちが仕事を片づけて、自分の共同住宅に戻っていく。自分たちが自国の恐るべき情報機関に所属する支局の前を通りすぎていることなど、つゆほども疑っていない。

しかし、ジャックは知っていた。そして、タルの推理が信じられるとしたら、シン・ベトもいまや彼のことを知っていた。好むと好まざるとにかかわらず、それが状況を変えた。

ジャックは、目の前のテーブルに置かれたボール紙の箱を見つめながら、つぎの一手を考えた。シン・ベトの局員たちは手順にしたがって、彼を勾留したあと、私物を没収していた。ジャックが建物を出るとき、むっつり顔の保安職員が特徴のない箱に入った私物を返却してくれた。彼は、自分とシン・ベト支局のあいだに物理的な距離をある程度置くあいだ、その箱を開けずにおいた。

いまや、つぎにどうすべきかを決断するときだった。

ウェイターがぶらぶらと近づいてきて、ジャックはカプチーノを注文した。給仕は顔をしかめ、まるで彼の英語がよくわからなかったかのように、注文をくりかえすようたのんだ。ジャックは、たしかにカプチーノを注文したとくりかえした。イタリアなら、こんな遅い時刻にこのコーヒーを注文するという冒瀆《ぼうとく》的行為は許されなかったろうが、イスラエルのウェイターは礼儀正しかったので、このあきらかに洗練さを欠いたアメリカ人についてひと言いうのを差し控えた。

ジャックは広く世界中を旅していたので、アメリカ以外の場所では、午前十一時以降に容認できるカフェインの形態はエスプレッソだけであることを知っていた。とはいえ、時差ぼけと横道にそれた作戦の緊張が彼の体にきいてきつつあり、彼はその泡だらけの飲み物を切実に欲していた。それに、固定観念を都合よく利用しないのなら、アメリカ人であることになんの意味があるだろう？

ジャックはウェイターが下がるのを待ってから、親指の爪で箱を留めているテープを切って、中身をテーブルにあけた。最初に携帯電話が出てきた。ジャックはその電子機器をじっと見つめてから、それを箱に戻した。彼はシン・ベトに勾留されているあいだ、その装置と約一時間離ればなれになっていた。たぶん五十九分間ほど長すぎた。携帯電話のデータはまちがいなく漏れている。それが、タルの微妙とはほど遠いほのめかしとあいまって、つぎの一手をいささかむずかしくした。

皮肉なのは、ジャックはしばしば〈ザ・キャンパス〉の隠密《おんみつ》工作員として活動しているものの、組織自体は民間団体であり、法的にはアメリカの情報機関共同体の保護下にないことだった。ジャックはＣＩＡ局員でも、さらにいえば、認可されたいかなる情報機関のメンバーでもなかった。彼は政府から給料を受け取っていなかったし、それゆえ、同盟国の国土で活動するときには身分を名乗らねばならないという不文律に束縛されなかった。

通常は。

しかし、この出張はべつだった。CIAの情報資産検証作業に立ち会うのは、本当はジャックではなくディング・シャベスのはずだった。作業の担当者であるピーター・ベルツはディングに外部の立会人をつとめるよう依頼していた。ピーターはディングがジャックと同じように〈ザ・キャンパス〉の工作員であることを知らなかったが、自分の友人が陸軍の名簿からあとかたもなく消えたとき、彼がなんらかの情報機関に転属させられたのだと推測した。

〈ザ・キャンパス〉の作戦《オプ》テンポのせいで、土《ど》壇場《たんば》になって計画の変更が必要になったとき、ディングはジャックにピンチヒッターをたのんだ。ジャックはいくつかの理由でよろこんで引き受けた。第一に、ジャックはディングを心の底から尊敬していた。〈レインボー・シックス〉の伝説的人物が、元戦友にジャックの能力を請け合ったのだから、その重要性は取るに足らないことではない。ジャックは〈ザ・キャンパス〉の上級メンバーの敬意をもとめていたし、ディングのこのジェスチャーは、自分が着々と目標に近づいていることを意味していた。

第二に、ジャックが二重生活のためにはらっている個人的な犠牲は、相当なものだった。彼の父は、ジャックの歳《とし》にはすでに彼の母に会って結婚し、長女サリーを家族に迎えていた。ジャックは、まちがいなく自分が中年の危機を迎えているとは思っていなかったが、四十歳が二十歳よりずっと近くに立ちはだかっているのはひしひしと感じていた。母のキャシー・ライアンがことあるごとに彼に思いださせているように、ジャックはいまだ独身であるだけでなく、本命さえいなかった。

いや、すくなくとも、真剣な交際相手は。ジャックは、テルアヴィヴへ発《た》つ前に、友だちを自宅へ夕食につれてきて、母親と父親をよろこばせていた。女性の友だちを。リーサンヌ・ロバートソンは、レバノン人の母親ゆずりのオリーブ色の肌とカールした黒髪に、アメリカ人の父親ゆずりのユーモア感覚をそなえていた。彼女もジャックと同様、〈ザ・キャンパス〉のために働いたことがあったが、彼女の活動歴は、彼女の人生をあやうく終わらせるところだった一発の銃弾によって最近、急に終わらされていた。ふたりはもはや仕事仲間ではないので、ジャックはふたりの関係にもっとなにかあるかもしれないと考えたが、まだなんともいえなかった。

そうはいっても、ジャックの両親の結婚は、つねにインスピレーションの源だった。ジャックは、自分がふさわしい女性と出会ったら結婚して、自分の子供をもうけるのを当然のことと思っていた。しかし、ジャックは、自分が二十代をついやして手に入れようとしたキャリアそのものが、いまや心から望んでいる家族から自分を引き離していることにますます気づいていた。彼の定義するワークライフ・バランスが、〈へンドリー・アソシエイツ〉の経済アナリストとしての〝ホワイトな〟仕事と〈ザ・キャンパス〉の工作員としての記録に残らない仕事のあいだで時間を配分することである場合、普通の若い女性の相手を見つけて、交際をつづけるのはむずかしかった。

未来のミセス・ライアンを探すためのよい猟場とはおよそいえない。だから、情報資産検証作業の立ち会いとひきかえに、費用全部持ちのイスラエル旅行をディングが持ちかけたとき、ジャックはその機会に飛びついたのである。ピーターのための仕事は、最大で午後いっぱいまでつづく予定で、ジャックは一週間の滞在期間の残りを、聖地の史跡めぐりの旅行客を演じるのとサーフィンとで分け合うつもりだった。サーフボードに乗ることには、人生を見つめなおさせるようななにかがあった。

ジャックは〈ザ・キャンパス〉のデスクワークを離れて一人前の工作員になるという目標を実現していた。その理由は、彼が並々ならぬ偉業を達成した両親から受け継いだ分析の腕前を当面の問題に集中したからだった。彼は計画を練り上げ、一生懸命努力して、そしていま、ほぼ十年後に自分がもとめてきたことを実現していた。

ジャックは、イスラエルで誰にも邪魔されない時間を少し割いて、自分の職業生活にあてるのと同じ熱意をこめて、自分の私生活を分析してみるつもりだった。ここなら〈ザ・キャンパス〉や両親、さらにはリーサンヌに気を散らされることもない。

運悪く、アジアのナイフ男がその計画をめちゃめちゃにしていた。

情報資産検証作業はまちがいなく終わっていたが、ジャックにピーターと接触するつもりはなかった。シン・ベトはすでにピーターと彼のチームの正体を見破っているかもしれないが、もしそうでない場合、ジャックには彼らに手を貸す気は毛頭なかった。イスラエルに留まる作戦上の理由がなくなったいま、ジャックには旅行客を演じる選択肢が残された。

しかし、ここでまた、タルの警告が非常ベルのように鳴り響いた。

〝わたしは、不運な出来事がこれ以上、あなたの滞在を台無しにするのがいやなの〟

彼女がなにをほのめかしているのかはっきりしなかったが、彼女の警告は些細《ささい》なものとはいいがたかった。もしイスラエルに留まるつもりなら、シン・ベトの局員をツアーガイドにかかえる必要がある。そして、タルといっしょにイスラエルをめぐることは想像できる最悪の事態とはいえなかったにせよ、美女の微笑につられて良識を踏みはずした男は自分が初めてではないということもジャックは知っていた。

タルは世界屈指の好戦的な情報機関の局員だった。たしかに、イスラエルはアメリカの同盟国だが、スパイ間の名誉というものは、たとえ友好国のあいだでも、現実というよりもロマンティックな考えだった。

それに、もしタルがジャックのことを民間団体の工作員ではなく、身分を名乗らない情報局員だと思いつづけるなら、隠れ蓑《みの》としてはより好都合だった。敵対する国に所属するスパイでさえ、職業上いくらか丁重に扱われるものだ。しかし、もしジャックが〈ザ・キャンパス〉のために働いていることをシン・ベトの局員が知ったら、なにが起きてもおかしくなかった。

この観点から考えると、もっとも安全な行動方針はジャックがイスラエルの休暇を終わりにすることだった。作戦上、留まる理由はないし、ピーターのチームの所在を明かす危険、あるいは〈ザ・キャンパス〉にかんする情報を漏らす危険は、テルアヴィヴをほっつき歩くのにあたいしない。サーフィンによる自己分析は、またの機会にしなければならないだろう。

ジャックは家に帰る。

あるいは、すくなくともそれが彼の考えたことだった。

箱からこぼれ落ちたポケットの中身などのごみの山のなかからパスポートを取り上げたジャックは、その下になにかがあるのに気づいた。〈キャプテン・アメリカ〉のアクション・ヒーロー・フィギュアだ。玩具《おもちゃ》はアジア人暗殺者との対決中にトミーのポケットから転げ落ちたのにちがいない。

ジャックは指のあいだでフィギュアをくるくるまわして、あらゆる角度から玩具を調べた。

樹脂に数カ所、傷がつき、後ろ側の脚がぐらぐらしている以外には、おなじみの〈キャプテン・アメリカ〉は、まったく傷《いた》んでいなかった。さらに重要だったのは、このフィギュアには目立った点がなにひとつないところだった。マーカーで〈キャプテン・アメリカ〉のコスチュームに色をつけ加えた箇所も、背中に半田ごてで刻まれたイニシャルもない。市場に出回る何百万何千万というアクション・フィギュアのひとつといっておかしくない——ちょっと〈ウォルマート〉に出かければ簡単にかわりが買えるだろう。

ただし、ジャックはそうでないことを知っていた。

そういうわけにはいかない。

その瞬間、彼はアーロンと彼の緑青《ろくしょう》がこびりついた一セント銅貨を思いだしていた。彼の友だちは、その腐食した銅片のあらゆる傷やへこみを記憶していた。アーロンはさわっただけで自分の護符がわかった。彼はその一セント銅貨とほとんどテレパシーのようなものでつながっていたし、まちがいなくトミーはなくしたアクション・フィギュアについて同じように感じている。ほとんどの人間にはただのくたびれたスーパーヒーローに見えるだろうが、トミーは検視官が指紋を読み取るのと同じように、へこみや刻み目を読み取ることができるのだ。

〈キャプテン・アメリカ〉は、かけがえのないものであるがゆえに、替えがきかなかった。

　ジャックはパスポートの横にアクション・フィギュアを置くと、両方をじっとにらんだ。片方は理にかなった行動の筋道を表わし、もう一方はとっぴょうしもない想像を表わしている。ジャックは隠密工作員だった。幽霊だ。レーダーに映らない低空を飛行することで生計を立てている人間であり、タルがはっきりといったように、彼の現在の緊迫した状況についてレーダーで捕捉《ほそく》されていないものはなにひとつなかった。

　彼の正体は暴露されている。そのことに議論の余地はない。かしこい策、唯一の策は、空港まで〈ウーバー〉タクシーをつかまえて、帰国便に飛び乗ることだ。ディングとピーター双方との取り引きで自分の分は、もうはたしている。

　君子は危うきに近寄らないほうが本当によいこともあるのだ。

　ただし、テーブルのパスポートのとなりに置かれた物体を見たとき、ジャックはもはや安っぽい樹脂製の玩具を見てはいなかった。彼は、大粒の涙を流しながら学校のいじめっ子の汚い手から一セント銅貨を奪い返そうとするカーリーヘアの少年を見ていた。

〝善良な人間はときには正しいなにかをなすために進んで代償をはらわねばならないものなんだよ〟

ジャックは笑みを浮かべて、ひと握りのシェケル硬貨をテーブルに放ってから、パスポートとアクション・フィギュアを両方つかんだ。つぎのアメリカ直行便が出るのは、四時間後だ。空港へ向かう途中に使い走りをする時間はたっぷりある。それで、もし回り道をしてタルとその相棒をかんかんに怒らせることになったら、まったくついていない。最悪の場合、ジャックはもう一度、美女とお話しする機会を手に入れることになるだろう。

そのどこがいけないんだ？

# 6

## シリア、
## アル・タンフ前哨基地

「もう一度、そいつをいってくれないか？」

ケアリーは大きくため息をつくと、その質問をした男から自分の上官へと視線を移した。上官は質問者の左のすぐ後ろに座っていた。ケアリーは両方の眉《まゆ》を吊《つ》り上げて、アレックス・ブラウン大尉《たいい》に、せいいっぱいの〝本当にこんなやつの相手をしなければならんのですか？〟という表情を作ってみせた。

ブラウン大尉は、チーム指揮官としては、かなり進んだ考えの持ち主だった。ケアリーが仕えた将校の一部とちがって、アレックスは、Ａ《アルファ》チーム指揮官の役割を、もっと大きくて望ましい役職へのたんなる踏み台ではなく、自分の経歴の頂点と考えていた。アレックスは伝統を破って、いつの日か陸軍のあこがれのグリーンベレーをかぶる野心をいだいた者たち全員にもとめられる過酷な選抜課程を修了する以前は、アパッチ・ヘリコプターのパイロットだった。

この型破りな職歴のおかげで、アレックスは同年代の連中からさんざんひやかされたが、部下たちからは、しぶしぶながらある程度の敬意も獲得した。なんといっても、歩兵部隊で一日でも勤務したことのある人間なら誰でも断言できるように、飛行士たちは、どこから見ても、じつにぜいたくな待遇を受けていた。陸軍の銀色の航空徽章《きしょう》についてくる温かい食事や八時間の搭乗員休憩、わずかとはいえない飛行手当を、五十キロ近いリュックサックや泥のなかのはてしない野営とひきかえにする人間は、将軍になる使命を帯びているわけではない。

いや、アレックス・ブラウン大尉は、まさにケアリーがグリーンベレーの一員になったとき出会いたいと思っていたタイプの指揮官だった。だからこそ、ブラウン大尉がケアリーの憤慨した表情を見て同情するようにうなずきながらも先をつづけるよう身ぶりでうながしたとき、ケアリーはわざと聞こえるように大きくため息をついて、もう一度、自分の体験を話しはじめたのである。

実際には、これが三度目だったが。

「前にいったように」とケアリーはいった。不満の渋い表情を隠そうとはしなかったが、口調はていねいなままだった。「ムスタファ軍曹と自分は、現地時間一三〇〇時にアフマディ将軍が施設に入るのを見ました。三時間前、持ち場を離れるとき、将軍はまだなかにいました」

「そして、きみはそれが彼だと確信している？」ＣＩＡの工作担当官はいった。

ケアリーは答える前に目の前に立つ男をじっと見つめた。彼は万国共通の兵士のやりかたで男を自分の指揮官と比較してみて、この情報局員は知性に欠けていると感じた。

ブラウン大尉はいかにも特殊作戦部隊の将校らしい見かけなのにたいして、ＣＩＡ局員はやせぎすの体格で、必要以上に相手を見くだすような態度でそれをおぎなっていた。情報局員の面長の顔立ちは、たえず冷笑を浮かべているようで、言葉づかいは、まるで自分が国家の敵を追跡しているのではなく、大学院レベルの国際関係論講座で教鞭《きょうべん》をふるっているかのように、あきらかに教授っぽかった。男の姿勢から質問のやりかたまで、なにもかもが相手を下に見ているようだった。

簡単にいえば、ケアリーは彼が気に入らなかったし、その気持ちはたぶんおたがいさまだろうと思った。

「名前をもう一度？」ケアリーは、もはやていねいな口調になるのをやめてたずねた。

「ビルだ。ビル・ジョーンズ」

「もちろん、そうだな」とケアリーはいった。「名無しの権兵衛《ジョン・ドウ》は全員出はらっているんだろう。つまりこういうことだ、ビルさんとやら。おれは特殊作戦の訓練を受けた狙撃手だ。それはつまりおれの射撃の腕がいいということだと大半の人間は思うし、それは本当だ。だが、それは、ＮＡＳＣＡＲのレースドライバーなら縦列駐車なんかお手の物だというのともちょっと似ている。射撃はおれの仕事だが、中心部分ではない。狙撃手の第一の機能は観測だ。ものを目で見て記憶する。その時点では重要じゃないように思えるかもしれないが、襲撃隊員を満載した二機のＭＨ‐60ヘリが目標まで三十秒の地点に迫ったときには、きわめて重要になりうるものをだ。意地の悪いことをいうつもりはないがね、ビル、ファルハド・アフマディ将軍が施設の門から入っていったとおれがいったら、やつはまちがいなくそうしたんだ。わかるな？」

　ケアリーは、首筋が本気で怒ったときのように赤く染まるのを感じたが、それとほぼ同時に、となりに座っていたジャドが彼の脛《すね》に蹴りを入れた。

　わかった、最後のひと言はちょっといいすぎだったかもしれないが、このＣＩＡだか、ＯＧＡだか、連中がいまどんないかれた秘密の略称を名乗っているかは知らないが、この男はまちがいなく彼をひどくいらいらさせた。ケアリーの経験では、ＣＩＡの工作担当官は、二種類に分けられる。現場のスパイと、本部にふんぞり返ってあれこれ指図するやつだ。この任務帰還直後の情報聴取からなにかがわかるとしたら、いまビル・ジョーンズと名乗っている男はまちがいなく後者に属している。

「マークス曹長がいわんとしているのは、彼とムスタファ軍曹のふたりとも、目標を観測する時間がたっぷりあり、それぞれ個別に相手の身元を確認したということじゃないかな。そんなところだろう、諸君？」

口をはさんだのはブラウン大尉だった。彼は優秀な将校ならやるはずのことをきっちりやっていた――部下のかわりに急場をしのぐことだ。ケアリーの目に、元飛行士の評判がまた跳ね上がった。ＣＩＡのスパイのほうに向き直ったケアリーは、上官の攻撃につづくために口を開いたが、ジャドが彼の先を越した。

「まさにそのとおりです」ジャドは分厚い胸の前で腕を組んでいった。「それに、こちらの衛星リンクと記録装置が両方とも、アフマディの車列が到着したちょうどそのとき糞《くそ》をしやがったのも、いっそう裏づけになります」

「どういうことだ？」とビル・ジョーンズはいった。しかめた顔が細くなった。

「考えるにこういうことだ」とジャドはいった。彼のサーファー風のゆったりした口調は、状況の深刻さにはいささか不似合いだった。「おたくの局の連中は、ここ二十年間、なんらかのドローンを使って、まったくなんのおとがめもなく、臨機目標を遠くから始末してきた。おれたちはどちらも、間抜けな聖戦士はとうの昔に死んだことを知っている。残っているのは賢い連中だけだし、おれは連中がいままでひどく不均衡だった戦場で起きている状況のバランスを取り戻す方法を考えだしたのかもしれないと思う。おれは基地に戻ってすぐに、無線機とデジタル・レコーダーを両方、調整しなおした。両方とも正常だった。しかし、どちらの装備も高価値目標がこっちの視線に入ってきたまさにその瞬間、故障したんだ。天才じゃなくたって、その理由は想像できる」

「教えてくれないか」とビル・ジョーンズがいった。

「あんたは理由があって、局のドローンを使うかわりにおれたちを送りこんだ」とジャドはいった。「その理由はドローンの性能と関係があるんじゃないかとにらんでいる。ドローンが施設上空の持ち場に到着したとたん、ビデオのストリーミング機能が故障したか、あるいはドローンが衛星航法の現在位置を見失って、基地に戻らなければならなくなったんだ。いまのところ合っているかな？」

ビル・ジョーンズはなにもいわなかった。その必要はなかった。その表情が雄弁に物語っていた。

「さて」ジャドは工作担当官の沈黙を肯定と受け止めていった。「おれはドローンを飛ばすことについちゃからっきしだが、無線周波数スペクトルについてはひとつふたつ知っている。誰かが、持続的な妨害のかわりに、高エネルギー・パルスを使って、軍用周波数帯を丸焼けにする能力を開発したんだろう。でなければ、こっちのＳＩＧＩＮＴ（信号情報収集）装置で妨害を探知していただろうからな。それが通信途絶のおもな原因だろう。もし妨害装置がじゅうぶんな出力を発揮したら、こっちのビデオ装置も混乱させられただろうしな。こっちが使っているビデオ・レコーダーは最上位機種だが、それはつまり市販の民生品ということだ。政府が調達するがらくたより段違いに高性能だが、この任務を考慮して製造されたものではないから、その電気回路は軍用規格まで強化されていない。きっと悪者たちがマイクロ・パルスで大気に放出している出力量なら、衛星無線機から付属の周辺機器に容易に広がることができただろう」

「じゃあ、将軍の車には、ある種の特注の妨害装置が装備されているということか？」とケアリーはいった。

ジャドは彼がかつていっしょに働いたなかで断然最高の観測手であるのにくわえて、才能ある通信《エコー》エキスパートでもあった。あいにくジャドは無線機について話すとき、ときどき誰もがマサチューセッツ工科大学の無線周波数工学の学位に相当するものを持っているわけではないことを忘れがちだった。

「たったいまそういわなかったかな？」ジャドは本心から当惑した表情を浮かべていった。

「集中するんだ、諸君」とブラウン大尉はいった。「ジャド、つまりわれらがデイヴィッド・コレシュ（カルト教団〈ブランチ・ダヴィディアン〉の教祖）の現地版は、このパルス妨害装置も利用できるということかね？」

「そうとはかぎりません」とジャドはいった。会話がお気に入りのふたつの話題のひとつに戻ってきたので、にこにこしている。「事実を述べたまでです、大尉。当て推量はビルのような連中にまかせますんで」

今度はケアリーがチームメイトの脛を蹴飛ばした。もっとも本気ではなかったが。ジャドは、印象的な体格と恐ろしげな見かけに反して、とびっきりのおおらかな人間だった。もしＣＩＡの事務屋が第五特殊部隊群随一の好漢を怒らせてしまったとしたら、そいつはほんとうに処置なしだ。

そうはいっても、ケアリーは曹長だ。すでに二度、最先任曹長への昇任候補者に挙げられていたが、いずれも不合格だった。陸軍は、その官僚主義的なやりかたで、彼がすでにキャリアの階段を分相応なかぎり高くまで昇りつめていることを彼に知らしめていた。そう知らされることには、プラスとマイナスの面があった。

マイナス面としては、彼は、家業のニューハンプシャー州のメイプルシロップ農家に戻るために、ドアを蹴り開けるのをやめるとついに決めたとき、上級曹長《E-9》の退職手当を持って故郷に帰ることはないだろう。プラスの面としては、昇進の機会に影響をおよぼす政治的に不適切な言動を気にする日々は、過去のものになった。

しかし、彼の観測手はそうはいかなかった。ジャドはまだ一等軍曹、軍の専門用語でいえばＥ－７だ。彼は退役前にもう一度、昇進する必要があるし、政府のパートナー連中とのつまらないけんかは、兵士の進級ファイルに載せられる傾向がある。ケアリーは口を開き、さらに生意気な口をきいて彼の観測手への風当たりを弱める用意をしたが、またしても彼のチーム指揮官が救援に駆けつけた。

「ミスター・ジョーンズ」とブラウン大尉はいって、部下たちとＣＩＡ局員とのあいだに割って入った。「なにかほかにありますか？　なければこの件は終わりにしましょう。うちの連中にとっては大変な一日だったし、まちがいなく明日もまた同じでしょうから」

やられた。だが、ブラウン大尉の手《て》際《ぎわ》はあざやかだった。ケアリーは認めたくなかったが、この若い将校の直截《ちょくせつ》な物言いには気分がすっきりした。特殊作戦部隊はもっとアパッチ・ヘリの飛行士を募集して人材を補充すべきかもしれない。

ビル・ジョーンズはブラウン大尉からふたりの無礼な大男に目を移して、自分がどこにいるのかはじめて思いだしたようだった。彼らの報告にまつわる機密性と緊急性のせいで、ジョーンズは狙撃手たちを道の向こうのＣＩＡの建物群に来させるのではなく、第五特殊部隊群の施設に足を運んでいた。

そういうわけで、この任務帰還直後の情報聴取は、作《O》戦分遣隊《D》アルファ《A》の環境では比較的神聖な空間のひとつであるチーム・ルームで行なわれていた。ここはチームのメンバーが装備を整備して収納したり、任務前の状況説明や作戦後の情報聴取を受けたり、日頃、冗談を飛ばして交流を深める場所だ。

いいかえれば、くたびれたテーブルやこわれた椅子、金網で閉ざされた装備ロッカーのぼろぼろの寄せ集めや、部屋の奥の隅にあるお決まりのミニ・バーに掛かった戦死した元チーム・メンバーたちの写真は、神聖なる場所だった。部外者が、この聖地のなかの聖地に足を踏み入れ、チーム・メンバーの誠実さやプロとしての能力を問題にすることはなかった。

とにかく、しっぺい返しを食らうことなしには。

ビル・ジョーンズは咳払《せきばら》いをしてから話しだした。今回、彼の口調には、ひと言ひと言ににじむ相手を見くだした態度は感じられなかった。謝罪とまではいかないが、第一歩かもしれない。

「こちらの情報資産の報告内容は……きみの部下たちが見たものと食い違っている」とジョーンズはいった。

ケアリーは、ＣＩＡの男が〝見た〟といったとき、動詞の表現を弱めるような語句をいくつか前後につけ加えなかったことに目ざとく気づいた。またしても、謝罪とはいえないが、状況はよい方向に向かいつつあるようだ。

「それは興味深い」とブラウン大尉はいった。「そちらの情報資産の報告とは？」

今度、答える前にため息をついたのは、ＣＩＡの男だった。「彼は、訪問者が、表敬に来た地元のシリア人民兵指導者のひとりだといっている。カルト集団指導者の影響力は地域社会におよんでいるので、かなりの数の部族首長が彼に食いこもうとしているんだ」

「そちらの情報資産はどの程度、信頼できるのですか？」

ビル・ジョーンズは、答える前に元飛行士を不快そうににらんだ。新たな緊張緩和《デタント》の精神にもかかわらず、ブラウン大尉はたったいま工作担当官にどっちが上手《うわて》かを競う競争を挑んだも同然だった。

スパイの価値は、彼あるいは彼女が自分の情報資産から得る情報の精度と値打ちに直結している。偽《にせ》の情報を報告する資産は無価値だ。その言葉は、その資産をあやつるスパイにも二重に当てはまる。情報なるものを伝達する前にその正確さを判断できなかったからだ。

しかも、それは氷山の一角にすぎなかった。嘘《うそ》をついているとわかった情報資産は、つぎからつぎへと波及効果をおよぼす。スパイがこれまで提供したあらゆる報告の断片にはいまや疑問が投げかけられ、独立して真実性が確認されるか、あるいはしばしばそうであるように、廃棄しなければならない。ＣＩＡの下級工作担当官がこういうやりかたでＣＩＡラングレー本部の七階の空気も希薄な高みに順調に昇りつめることはなかった。

ジョーンズのしょげた表情は、これ以前のかなりの情報が疑わしいことをしめしているようだった。

「彼のほかの報告はある程度、正確であることが証明されているんだ」ジョーンズはあきらかに言葉をにごした。「しかし、この食いちがいは看過できるものではない。それはさておき、もしアフマディがたしかに立ち寄ったのなら、それは社交目的の訪問ではない。われわれはやつがあそこでなぜ、なにをしているのかを知る必要がある。あの施設内をのぞきこむ必要がある」

「もしかしたら、一石二鳥といけるかもしれないな」とジャドがいった。

ケアリーは自分の観測手を見て、相手がなにを提案しているのか理解しようとした。

そして彼は気づいた。

「冗談じゃない」とケアリーはいって、首を横に振った。「そんなことをさせるわけにはいかん」

「たのむよ、ボス」とジャドはいった。「自分でいったじゃないか。もしかしたら、おれの親類がいろいろ知っているかもしれないって」

「おれはジョスリンを正直者にしたほうがいいともいったのに、ぜんぜん耳を貸さなかったじゃないか。なぜいまになって持ちだすんだ？」

「なあ、きみたち」とブラウン大尉がいった。「ちょっとだけ、わたしがきみたちのチーム指揮官であるふりをしてみてはどうかな。どういうことだね？」

「おれの観測手は、きょう、日差しに長くあたりすぎたんですよ、大尉」とケアリーはいった。「きっと熱射病にかかったにちがいない。やつの大口から出てくる言葉はどうかしてるんですから」

「友だちのことは勘弁してやってください、大尉」ジャドはそういって、ケアリーを黙らせた。「彼はときどき自分がおれの母親じゃなくチーム先任下士官だってことを忘れちまうんです。おれはたまたま生まれつきアラビア語を話す上に、生まれてから十二年間、現地の界隈《かいわい》ですごしました。このビルさんとやらは、自分の情報資産が本物であるかどうかを知りたがっているし、おれたちは全員、なぜコッズ部隊の司令官が突然、終末思想のカルト集団に興味をいだいたのか知りたいと思っている。おれはただ、自分がこのルックスと言語的な豪胆さを利用して、なかを見てまわってはどうかと提案しているんです」

「いい考えだ」とビル・ジョーンズはいった。

「とんでもない、だめだ」ケアリーは反論した。

「また口をはさむがね」とブラウン大尉はいって、片手をあげた。「わたしはどこかで、自分がじつのところ責任者であると読んだような気がしたんだが。なあ、ビルだか、ボブだか、ジョンだか、なにさんだか知らないが——ジャドはわたしの責任なんだ。わたしのね。わたしは部下の命を思いつきで危険にさらしたりはしない。誤解してもらっては困るが、われわれはここでちょっとあやしげな汚れ仕事をやっている——特殊部隊と名乗るには理由があるんだ。しかし、ずさんなことはやらない。現在も、過去にも。だから、あんたがわたしの部下のひとりを作戦に使いたいのなら、わたしはおおいに関心がある。ただし、作戦はここから計画され、指揮されるんだ。さもなければ、話はおしまいだ。わかったね?」

ビル・ジョーンズは腐った桃にかぶりついたかのように顔をゆがめたが、それでもうなずいた。

「それからきみだ」ブラウン大尉はケアリーのほうを見た。「マザーグースのたわ言はもうたくさんだ。少しはわたしを信用してくれないか。もしこれをやるのなら、正しいやりかたでやるんだ。それから、聞かれる前に答えるが、そう、きみはジャドの見張り役になる。話についてきてるかな?」

ケアリーは一瞬、口ごもったが、それからゆっくりとうなずいた。「ええ、大尉。わかりました」

「よろしい」とブラウン大尉はいって、ビル・ジョーンズのほうへ向き直った。「さて、ムスタファ軍曹にこの作戦に参加する許可が出たとして。どういうことになるのかな?」

「わたしの情報資産によれば」とジョーンズはいった。「重要人物は明日、戻ってくる。もしムスタファ軍曹がその理由を教えてくれればありがたい」

それはまさにケアリーが口にするのを恐れていたことだった。ときに彼は自分の考えがあたっていることを心から残念に思った。

# 7

## イスラエル、テルアヴィヴ

ジョナサン・ミルズと名乗る男は、胃がむかむかするのを感じながら、親しみのこもった顔に優しい笑顔を浮かべつづけた。いまこそ正念場だった。これまでの六カ月間のあらゆる努力が実を結ぶか、水泡に帰すかの瞬間だ。世界中のビジネスマンの用語集によれば、これは手締め《ザ・クローズ》だった。自分が働きかけてきた相手が、取り引きの条件に同意するかどうかを決める最後のやりとりである。

あるいは、同意しないか。

ジョナサンが会社のセールスマンだったら、これは彼が年間ノルマを達成するか失敗するかの瞬間だったろう。しかし、彼はビジネスマンではなかった。スパイだ。彼の稼業《かぎょう》では、失敗した売りこみは、渋いボーナスあるいは低い勤務評価と同じではない。それは死を意味する。情報資産の候補者が死ぬことはまちがいないし、状況をどの程度あやまって判断したかにもよるが、ジョナサン自身もやられる可能性があった。諜報《ちょうほう》活動という職業はつねに株を売ることより少々荒っぽいが、世界の超大国間のやりとりの指針となる、より節度あるルールのなかでは、失敗した売りこみが誰かの死を招くことはめったにない。しかし、ジョナサンが相手にしている国は、とくに敵国の情報機関にかんして、お上品な礼儀正しさで有名だったことはなかった。

「ご尽力に心より感謝します」とジョナサンはいって、歯が痛くなるほど満面の笑みを浮かべた。「おたがいの国が、明日の末永い関係のために、きょうのつまらないいさかいを越えて進むのに力を貸すことができるのは、あなたやわたしのような人間です。われわれは愛国者なのです」

もっとも、テーブルの向こう側でジョナサンと向き合って座る眼鏡の中年男は、誰が考える愛国者の姿とも似ていなかった。彼は三人の平凡な子供と地味な妻を持つ中間管理職だった。もしそれだけだったら、男のみじめだがありふれた存在がジョナサンの関心を引くことはたぶんなかっただろう。

しかし、それだけではなかった。

まったくそうではない。

この黒髪の男には、杓子《しゃくし》定規な家庭生活と行き止まりのキャリアにくわえて、その存在にもうひとつの側面があった。ジョナサンがひじょうに興味深いと思った側面が。この一見平凡な男は、かなり特別な女性の趣味を持っていた。とくに、高価な贅沢《ぜいたく》品をねだる若い娘の。成長いちじるしい技術系新興企業で、自分の半分の年齢の神童に先を越されて高年収の昇進を見送られた管理職には買えないようなものを。

すくなくとも、ちょっとした助けなしには。

あらゆる優秀な工作担当官と同様、ジョナサンは眼鏡の男の動機が、たんに最新の同伴美女に〈ＩＷＣポートフィノ〉腕時計をプレゼントするだけにとどまらないことを理解していた。男は怒っていた。〝憤慨していた〟といったほうが正しい表現かもしれない。ジョナサンの獲物は五十歳を前にして、あらゆる男が最終的に行きつく認識にたどりついていた――自分の職業人生はすでにピークに達して、いまや下降線をたどっているという。

もはやすばらしいポストが提供されないだけではない。それどころか、彼が狙っていた最新の昇進は、大学出たての若造のものになっていた。毎日出勤するだけで六桁の給料をもらえることを期待して、それが手に入らないとぶうぶう文句を垂れるような甘ったれた小僧に。ただし、今回、その甘ったれた小僧は大成功をおさめ、眼鏡の男のほうは、世の不公平さをソーシャルメディアのフォロワーたちにネット上で叫ぶしかなかった。

もし彼にフォロワーがいたらだが。

こうした現象は「中東のシリコンバレー」とも呼ばれるテルアヴィヴではめずらしいものではなかったとはいえ、まだジョナサンの関心を引くレベルには達していなかった。なんといっても、毎日、新たな新興企業の夢が生まれる都市では、いくつかが悪夢で終わることは避けられない。借金にまみれ、怒っていたとはいえ、ジョナサンの温厚な相手には取り立てて興味深いところはなにひとつなかった。

とにかく、彼のもうひとつの仕事がなければ。

眼鏡の男の副業はまさにそれだった——毎週一日、活気に満ちた新興企業から彼を引き離す気晴らしである。しかし、なんという気晴らしだろう。イスラエルの専門的な労働者の多くのように、男はイスラエル国防軍の予備役兵だった。いわゆる市民兵である。ただし、この男は陸軍基地に出頭して、タヴォール・ライフルの支給を受けて兵士のふりをしたりしなかった。

いや、彼の予備役任務は、もっとずっと興味深いものだった。

眼鏡の男、ヨッシ・コーヘンは、コーヒーに口をつけながら、薄い色の瞳でテーブルの向こうの男をしげしげと見た。ジョナサンは、相手が見ているものを知っていた——真剣だが無害なアメリカ人の典型だ。ジョナサンは青い目をしていて、長くのばしたもじゃもじゃのブロンド・ヘアは、縮れたウェーブを描いて額にかかり、ぽっちゃりとした頬はたえず笑みを浮かべている。三十代後半だったが、ジョナサンは、しばしば若さのせいにされるお人好《よ》しな態度によりぴったりくる、まじめな雰囲気をかもしだしていた。

あるいは、アメリカ人のお人好しな態度に。

ジョナサンは、このお人好しな態度、この子供のような無邪気さが、ヨッシを安心させ、ジョナサンではなく自分がふたりの関係を決定づけている人間だと思わせていることを知っていた。そして、これは、まったくお人好しではないジョナサンと名乗る男にとって、完璧に好都合だった。

もっとも、ヨッシがこの面倒な細部を知る必要はなかったが。

「情報をどうするつもりか、もう一度話してくれないか」とヨッシはいった。

その顔は無表情で、いっさい感情が浮かんでいない。彼の退屈そうな表情からすると、ふたりはまるですばらしいイスラエルの天候について話し合っているといってもよさそうだった。ただし、彼の右手の長く優雅な指は、たえず動いていた。まずコーヒーカップをソーサーの上で回し、それからテーブルのへりで静かにスタッカートを打ち鳴らす。

　指はたんなる退屈な噂《うわさ》話以上のものがここにかかっていると告げていた。

「もちろんです」とジョナサンはまたにこやかに微笑《ほほえ》んでいった。「われわれのふたつの国は、政治のせいで行き詰まりの状態にあります。あなたとわたしは官僚主義的なたわ言をすっとばそうとしているのです。プログラムに外部から処理を追加するソフトウェアのフックをいただければ、わたしはあなたのシステムをわれわれの現在のアーキテクチャーにネットワーク接続します。それからわたしは兵器担当業務計画執行局のわたしの友人のために記録に残らないデモンストレーションを手配します。もしシステムの能力を立証できたら、必要な通関書類を通すと彼は約束しています。一カ月か、長くて二カ月で、アメリカ陸軍は開始した調達を終了するでしょう。われわれがシステムをもっと売れば、イスラエルは海外の顧客を手に入れ、アメリカの軍人は必要な保護を手に入れることになる。誰もが得をするんです」

　ヨッシは無言で見つめ返した。まるでジョナサンの言葉を秤《はかり》に掛けているかのように。まるで彼がすでに頭のなかでドルをシェケルに換算していないかのように。まるで昨夜すでにロスチャイルド大通りのデザイナー・ブティックをおとずれて、フロレンティンに住むおっぱいのでかいブロンドのガールフレンドのために買い物をしていないかのように。テルアヴィヴのネヴェ・ツェデク地区のほうが好きな、格好のいいお尻のブルネットとまちがったりしないように。ヨッシのように多くの女とつきあっている男にとって、それぞれの愛人の趣味を混同するわけにはいかなかった。

　そんなへまをすれば、面倒なことになりかねない。

「こういうのに完全に満足しているわけではないんだが」とヨッシはいった。「わたしは官僚主義にわれらがアメリカの同盟軍の安全を守るのをじゃまさせるような人間でもないしね」

「まさにわたしの心にかなった人物です」とジョナサンはいった。「それに信じてください、わたしはあなたを当惑させるようなことはぜったいにしたくない。ですから、こういうのはいかがですか――われわれの取り決めを公式のものにしてはどうでしょう？　あなたをコンサルタントとして雇います。わが社はすでにイスラエル国防省の国防研究開発局《マファト》と技術支援協定を設定しています。今夜、あなたを書類にくわえることは可能です。もちろん、この件をこのまま順調につづけるためだけにでも、あなたにかなりの給料をはらう必要があるでしょう。週一万ドルでいかがですか？　あなたにはこの数カ月、手伝っていただきましたから、埋め合わせに一括払いで十万ドルと計算しましょう。それでかまわないですか？」

今度ばかりは、石のように無表情な男にひび割れが生じた。十万ドルは、彼らがこれまでに裏切りのダンスでもてあそんできた額の倍にあたる。しかし、ジョナサンと名乗る男はアメリカのビジネスマンということになっていて、アメリカ人は気前がいいのが取り柄だ。

「いいとも」とヨッシはいって、驚きを隠すためにごくりと唾《つば》を飲んだ。「これを文書にしてもらえれば、ずいぶんすっきりするんだがね」

「もちろんですとも」とジョナサンはいって、ヨッシの不安を払拭《ふっしょく》した。「空港に着いたらすぐオフィスにEメールを送って、この件に着手させるために、アシスタントに協定のひな形のひとつを送らせます。とはいえ、わたしは書類仕事を待ちたくない。いま支払いを片づけるのはどうでしょう。契約はきょうの午後遅くでも間に合う。金はどの口座に送金すればよろしいですか？」

ヨッシは一連の番号をすらすらといい、ジョナサンはそれを携帯電話に律儀《りちぎ》に入力した。つぎの瞬間、ジョナサンは送信ボタンを押し、ヨッシの携帯電話がそれに応えて鳴った。

「さてと、これで終わったようだ」ジョナサンはいった。「それで、例のフックはどうです?」

ヨッシはぴくりともせずにポケットに手を差し入れると、サム・ドライブを取りだして、テーブルごしにすべらせて寄越した。

「すばらしい」とジョナサンはいって、メモリー・スティックを受け取った。「ご尽力にいま一度、感謝します。わたしだけでなく、アメリカ国民からも感謝します。あなたはたったいま、われわれの国々をより安全にしたのです」

実際には、ヨッシはそんなことをなにひとつしていなかった。しかし、ジョナサンはこれっぽっちも気にしていなかった。第一に、ジョナサンと名乗る男はビジネスマンではなかったからだ。

しかも、彼はまちがいなくアメリカ人ではなかった。

# 8

以前ジョナサン・ミルズと名乗っていた男は、狭い路地が提供する影にまぎれて、テルアヴィヴ南部に位置するアラブ人が圧倒的に多いアジャミの村のいっそう奥へと進んだ。永遠のピサの斜塔のようにでたらめなやりかたで積み重なった数多くの住居に暮らす褐色の顔ぶれのあいだで、ジョナサンのような容貌をした男を見かけることは、通常なかった。

しかしまた、ジョナサンのような男はめったにいなかった。

まず第一に、以前ジョナサン・ミルズと名乗っていた男は、アメリカ人でも、カナダ人でも、それをいえば、ヨーロッパ人でさえなかった。すくなくとも、該当する言葉のいかなる意味においても。ジョナサンは中西部なまりの英語をしゃべったが、アメリカの国土に足を踏み入れたことは一度もなかった。たしかに母親の容姿と言語を受けついだが、カールしたブロンドの髪と白い肌の下では、芯まで父親の子供だった。

そして、彼の父親は、一か国をのぞくほかのどんな国よりもアメリカを熱烈に憎んでいた。

イスラエルをのぞけば。

だからジョナサンは、かなり満足げに路地の端にあるドアのひとつを選んで短く二回ノックし、つづいて少し長く二度叩くと、そっとなかに入った。その先の薄暗い部屋では、ふたりの男が拳銃をかまえて待っていた。

どちらの拳銃もジョナサンに向けられていた。

彼は理解した。

ジョナサンは生まれてこのかたずっと、誰かべつの人間とまちがえられてきた。登校初日から、彼は自分の外見がクラスメートとまったくちがうことに気づいた。それ以降、彼はほかの子供たちのからかいや、いじめの対象となった。しかし、これは父の計画の一部でもあった。イラン情報省、略称ＭＯＩＳのキャリア官僚であるジョナサンの父は、自分の跡継ぎに、一生に一度の機会を見ていた。いま三十年近くたって、その機会は現実のものとなろうとしていた。

ただし、銃を持った二人の能なしがまず彼を撃たなければだが。

「アッサラーム・アライクム、兄弟よ」とジョナサンはいって、両手を胸の高さに上げ、銃を持つ男たちに掌《てのひら》を向けた。「きっとわたしになにか持ってきてくれたと思うが」

「おまえは誰だ?」近いほうの男がいった。目を細めて暗闇《くらやみ》をのぞきこんでいる。

男の顔はしかめられ、緊張していて、鼠《ねずみ》を思わせた。ジョナサンは本能的に彼が気にくわなかった。チーズのかけらを探して床を嗅ぎまわるのがお似合いに見え、その指は愚かにも拳銃の引き金にかけられている。ジョナサンはその場ですぐに、これから数秒後になにが起きようとも、この男の寿命は急速に終わりに近づきつつあると判断した。

「入る前に正面ドアを四回ノックするよういわれたんだがね」とジョナサンは笑みをたやさずにいった。「同じ指示を受けた人間はほかにあまりいないと思うが」

ジョナサンのアラビア語は完璧だったが、鼠面《づら》は、まるで理解できないように鼻に皺《しわ》を寄せた。まさにそのとおりかもしれない。ハマスの兵隊はその知性で有名なわけではない。

「おまえはアメリカ人に見える」と鼠面はいって、一歩にじり寄った。

「それが重要なのさ、この馬鹿め」ジョナサンはそういって、笑顔を崩した。

「おれのこと、なんていった?」鼠面はいった。いまや、拳銃の銃身をジョナサンの胸につけて、ひと言ひと言強調できるほど近くに立っている。

胸骨に金属が食いこむ感覚は魅惑的とはいえなかったが、ジョナサンはきっちり二回、この不快さをがまんした。そして三回目に、両手をすばやく合わせて、拳銃の銃身を掌ではさむと、そのまま左斜め上にぐいと押し上げた。

鼠面の手首がぽっきり折れて、拳銃が火を噴いた。

鼠面の相棒は知らなかったが、ジョナサンは実際にはその男に恩恵を施していた。ジョナサンは右利《き》きだったので、通常、相手の武器を奪うこのテクニックを使うのは利き腕の側だった。つまり、新しい弾痕《だんこん》は漆喰壁のかわりに男の頭に開いていたことになる。

しかし、ジョナサンは野蛮人ではなかった。それに、雇われ者のお手伝いはごめんだったが、つぎに来るもののために、すくなくともこの間抜けのひとりは必要だった。そのいっぽうで、鼠面は完全に使い捨て可能だった。

予期せぬ拳銃の発砲による銃口衝風《しょうふう》と、折れた手首から電光のように走る同じぐらい予想外の激痛が合わさって、鼠面はちょっと呆然《ぼうぜん》として頭が混乱しているように見えた。橈骨《とうこつ》が七面鳥の叉骨《さこつ》のように折れるぽきんという音に反応して、無事なほうの手で傷ついた手首を胸に抱きかかえるようにすると、下半身を無防備にした。

ジョナサンはこのうっかりミスを見のがさず、鼠面のひょろ長い脚のあいだに真正面から蹴りを入れた。

タフガイ気取りの男は、思ったとおりの反応をして、胎児のような姿勢で崩れ落ちた。そこからは、ジョナサンが前に進みでて、うめく男の頭に拳銃をつきつけ、引き金を引くという単純な問題だった。あるいは、すくなくとも、それが彼の意図したことだった。しかし、彼の指が引き金を引き絞りはじめたちょうどそのとき、声が彼をさえぎった。

「待て！」

その悲鳴は叫び声だったが、命令というよりは嘆願で、それが鼠面の命を救った。もし〝待て〟が命令だったら、ジョナサンは、訓練されたなめらかで冷静な手つきで引き金を引き、それからたぶん、お手伝いなんかくそ食らえ、鼠面の同国人にも同じことをしただろう。

しかし、もうひとりの悲しげな口調のなにかがジョナサンをためらわせた。

ジョナサンは機転で生きていて、たったいま、彼の直感がこの馬鹿者の処刑を延期しろと命じていた。

とにかく、すくなくとも当座は。

「なぜだ？」とジョナサンはいった。彼の拳銃はまだ鼠面の頭に直接突きつけられていて、その人差し指は依然として引き金の引っかかりがはずれる寸前まで張力を維持していた。あとコンマ何ミリ分か圧力を加えるだけで、鼠面の脳味噌《のうみそ》が床を飾ることになるだろう。

「なぜなら、そいつはおれの兄貴だからだ」ともうひとりの男がいった。「おれたちに状況説明した男は、あんたがアメリカ人みたいだとはいわなかったんだよ。兄貴は、用心深かっただけなのさ。殺さないでくれ。たのむ」

ジョナサンは男の言葉をよく考えて、その正確さを吟味しながら、皮膚がくぼむほど、鼠面の額に拳銃をいっそう強く押しつけた。

　弟の説明はもっともらしかった——もしかすると、本当でさえあるかもしれない。ジョナサンの外見は彼の最大の財産で、彼の父親の仲間たちがけっしてできないようなやりかたで、ターゲットとする国々をじゃまされずに動きまわることを可能にした。このアラブ人たちは、下っ端《ぱ》の工作員だ。彼らはまちがいなく、作戦の機密保持上、容貌をふくめジョナサンについてできるだけ知らないことになっている。ジョナサンが自身の体験から知っているように、イスラエルの情報機関は恐るべき相手だ。

　とはいえ、ジョナサンの本能は、鼠面がお荷物であると告げていた。そして、ジョナサンの稼業では、お荷物はたったひとつの方法で処理される。

「お願いだ」ふたりめの男は、ジョナサンの考えが聞こえたかのようにいった。

ジョナサンは鼠面から注意を移し、弟を見つめた。兄よりたぶん五歳は若く、痩《や》せて、黒い髪に正直そうな顔をしている。その手は頭の上に上げられ、拳銃はジョナサンとは見当違いの方向に上を向いている。鼠面とちがって、その表情に残忍さは浮かんでいない。彼は考える役だ。たぶん自分の向こう見ずな兄貴を数え切れないほど多くの窮地から救いだしてきたインテリだ。いま自分の命を危険にさらして救おうとしている兄貴を。

ジョナサンはそんな兄弟がいたらどんなによかっただろうと思った。

ジョナサンはため息をつくと、拳銃を下ろして、まだひざまずいている鼠面から一歩離れた。

「装置をよこせ」とジョナサンはいった。「さあ」

弟はこくりとうなずくと、奥の部屋にほとんど走っていった。すぐに彼は無害そうな見かけの箱を持ってまた姿を現わした。ジョナサンはポケットに手を入れて、ヨッシからもらったサム・ドライブを取りだすと、弟に放った。

「こいつをスロットに差しこんで、ボタンを押すんだ」とジョナサン。

弟は指示されたとおりにした。すこしのあいだ、なにも起こらなかった。それから、箱の側面にひとつだけあるＬＥＤがグリーンに光った。つぎの瞬間、電気ショートの刺激臭がアパートを満たし、灰色の煙の薄い柱が装置からただよい上った。

「ごめんなさい、ごめんなさい」弟は、まるで焼かれた生け贄《にえ》のようにまだくすぶる箱を持ったままいった。「いわれたとおりにしただけです」

「そして、そのおかげで、おまえの兄貴は生きのびたんだ」ジョナサンはそういって、拳銃をかわるがわるふたりに向けながら、アパートからゆっくりと後じさった。「いまのところはな。だが、もし兄貴にそのままでいてもらいたいのなら、あとひとつ、やってもらわなければならん」

「なんです？」

「おれに会ったことを永遠に忘れるんだ」

そして、そういうと、ジョナサンは、箱から漏れるひとすじの煙と同じぐらい音もなく、アパートから姿を消した。

# 9

ジョナサンと名乗る男は、じつのところジョナサンではまったくなかった。本名はダリエン・モラディで、彼のなまりと顔立ちは母親ゆずりだったが、血管にはペルシャの血が流れていた。そしてこの瞬間、その古来の血が彼に警告を発していた。自分がアパートに残してきた間抜けなパレスチナ人ふたりより生存の可能性が低くなるような失敗をしでかす前に、自分の感情を制御する必要がある。

諜報活動というゲームは、もっとも生ぬるい場合でも、第二のチャンスに寛容ではない。

そして、イスラエルで活動するイランの情報機関員に、生ぬるいことはなにひとつない。

アパートの正面の路地にしのび出たダリエンは、自分がまだアラブ人の拳銃をズボンの腰につっこんでいることに気づいた。彼は悪態を呑《の》みこむと、かび臭いコンクリートブロック塀の両側に散らかったごみを見つめて、自分のうかつなミスを帳消しにする方法を探した。

イスラエルという国は、四方を敵にかこまれているにもかかわらず、個人の武器所有にたいしては、まったく融通の利かない姿勢をとっている。一般大衆は武器の所持を許されていない。以上。無許可の武器を携帯しているところを見つかった者はみな、どんなに愛想笑いを浮かべても、シン・ベトの取調室のもっとも重要な標的となる。

ダリエンには、この拳銃を厄介ばらいする必要があった。

しかも、早急に。

ダリエンは悪臭を放つ通りの水たまりを大股で横切って、よさそうなごみの山に駆け寄った。ビニール袋の山から立ち上る心地よいとはいえない臭いからして、この山はかなりのあいだ放っておかれていた。

完璧だ。

自分がひとりであることを最後に確認してから、ダリエンはズボンから拳銃を抜くと、弾倉をすべりださせ、スライドを引いて、蹴りだされたぴかぴかの銃弾を宙でキャッチした。

たぶんこの路地は子供たちがよく通るだろうが、彼は人道的な気遣いから武器を安全にしたわけではなかった。アラブ人とペルシャ人は、イスラエルで共通の敵を分け合っているかもしれないが、友だちとはいえなかった。それどころか、ダリエンは、もしユダヤ人がいなければ、ヒズボラとハマスはおたがいの喉首《のどくび》につかみかかるだろうと感じていた。

いや、ダリエンには、銃があやまって火を噴かないようにする、もっとずっと現実的な理由があった。銃で撃たれた傷は警察を引き寄せる。そして、ダリエンがもっとも望んでいなかったのは、路地を見おろす窓からカーテンごしにのぞく見えないたくさんの目のひと組が、ブロンドの髪に青い目のアメリカ人をイスラエル警察に通報することだった。だからこそ、彼は先ほどアパートで、鼠面を苦痛から解放してやるかわりに、あのけだものの命を救ってやったのだ。やつはあきらかに始末されても自業《じごう》自得だったのだが。

すくなくとも、ダリエンはそう自分にいい聞かせた。

銃弾をポケットにつっこんだ彼は、ごみの山をつっつきまわして、口を縛っていない袋を見つけた。それから拳銃を分解し、きれいに拭いて、なかば腐敗したぐちゃぐちゃのごみのかたまりに銃の部品をつっこんだ。部品が完全に見えなくなると、ダリエンは残っていた銃弾から指紋を拭いて、袋に放りこんだ。

それから手のほこりをはらって、自分がなにをあさっていたのか考えないようにした。口で息をしながら、袋の口を縛ると、路地の入り口できらめいている光のプールのほうへ歩きはじめた。

ダリエンはアパート内での衝突をもう済んだこととして片づけてしまったので、そろそろ頭をふたたびゲームのことに戻すときだった。いまごろはもうサム・ドライブのデータは解読され、彼の同国人たちの手に入っている。作戦の第二段階がはじまろうとしていて、ダリエンには、いるべき場所があった。幸いにも、つぎに来るものは、過去数時間にくらべれば、たやすいはずだ。イスラエルの地に足を踏み入れて以来はじめて、ダリエンはやっと息ができるような気がした。

イスラエル警察の車が路地を通りすぎるまでは。

# 10

世界中の警察とちがって、イスラエルの司法警察員は、誰かを路肩に止めさせようとするときだけ、警光灯をつけるわけではない。そうではなく、パトロールカーは仕事に取りかかるとき、たえずライトバーを作動させる。ダリエンをあやつる者たちは、シオニストの国に潜入する前に、この独自の文化現象について警告していたので、最初、赤と青のストロボ灯が路地全体にちらちらする影を投げかけたとき、彼はあわてふためいたりしなかった。

最初は。

しかし、警察のセダンが路地の入り口で止まって、向きを変え、それからダリエンのほうへまっすぐ向かってきたとき、不安は再燃した。

ダリエンは、自国人の誰にもおとらず、ユダヤ人を憎んでいたが、それは彼らの文化を賞賛できないということではなかった。たったいま、この場にぴったりのイディッシュ語のことわざが、脳裏に浮かんだ――〝人はたくらみ、神は笑う〟もっとも、もしダリエンの口から笑いが出るとしたら、それはヒステリーの前段階の笑いだったろうが。まず彼は、ふたり合わせて半人前の脳味噌しかないアラブ人兄弟を相手にしなければならなかった。いまや彼はイスラエル警察とお近づきになる幸運を得ていた。

じつにすばらしい。

パトロールカーは二メートル先でゆっくりと止まり、運転する警察官がヘッドライトを点《つ》けて、じめじめしたコンクリートを背にダリエンを照らしだした。ダリエンはため息を押し殺して、彼にできる最高の当惑したアメリカ人のにこやかな笑顔を作ると、小さく手を振った。逃げようとすることもできただろうが、そんなことをしてもむだだった。路地はたぶん行き止まりだろうし、無線電波より速く走れる者はいない。最大の防御は、イスラエル人の見立てどおりに演技することだ。自分は道に迷ったアメリカ人の旅行者だ。警察に会えてよろこんでいる。すくなくとも、ダリエンはこの遭遇がそういくよう願っていた。

警察のパトロールカーのドアが開いて、パトロール警官がふたり降りてきた――男女ひとりずつだ。女は身長百六十センチぐらいで、きゃしゃな体型だった。男はもっと大柄だったが、それでもダリエンのアメリカ人サイズの体格にはおよばなかった。

　ダリエンは母親の一族に会ったことはなかったが、いつか会いたいと思っていた。たとえ、彼らの遺伝子に感謝するためだけにでも。彼らは〈大悪魔〉かもしれなかったが、イスラエル人と肩をならべる場合、アメリカ人の大きさと力は大いにありがたかった。

「こんちは《ハウディ》」ふたりの警察官が近づいてくるとダリエンはいった。「会えて本当によかった」

　彼は唇が痛くなるほど満面の笑みを浮かべていたが、これまで何度もそうであったように、この計略はうまくいったようだった。イスラエル人は根っから疑り深い国民であり、法執行機関や情報関係機関に詰める者たちは、当然ながらその倍も疑り深かった。それでも、このような状況でアメリカ人旅行者を危険と見なすのはむずかしかった。

　いちばんいいのは、隣家に入りこんでしまった子犬と同じように、しっしと叱るような音をたてながら、善意の動物をやさしく家の外に戻すことだった。そもそも自分がどんなまちがったことをしでかしたのか理解する能力を持たないというのに、どうして犬を懲《こ》らしめて時間をむだにすることがあるだろう？

「道に迷ったんですか？」と男の警察官がいった。

彼の英語は達者だがなまりがあり、ダリエンはすぐにほっとした。イスラエルは、〈タグリット＝バースライト・イスラエル〉、もっと一般的には、生まれながらの権利の旅と呼ばれる制度の名のもとで、かつて考案されたなかでも屈指の大規模のプロパガンダ・プログラムを持っていた。もともと一九九九年十二月に設立されたこのプログラムは、ユダヤ系アメリカ人のティーンエイジャーに、裕福なユダヤ人実業家をはじめとする献金者が金を出して、イスラエルへの旅費を提供するというものだった。

プログラムの恩恵はふたつあった。第一に、参加者の大半が、ユダヤ人の祖国について圧倒的に好意的な印象をいだいてイスラエルをあとにした。第二に、かなりの数のアメリカ人が、高校卒業後、イスラエル国防軍に入隊してイスラエルの市民権を得るために、イスラエルに戻ってこようと決心した。こうした移住《アーリヤー》したアメリカ人に出くわすことは、ダリエンの最大の恐怖だった。

非アメリカ人にたいしては、彼はアメリカ人のステレオタイプを完璧に演じることができた。しかし、アメリカで生まれ育った誰かに出会ったら、ダリエンは自分の触れこみに限界があることがわかっていた。さいわい、イスラエル人の強いなまりは、ダリエンになにひとつ心配はいらないと保証した。

女の警察官が口を開くまでは。

「アメリカ人ですか?」と彼女はいった。「わたしもです。ご出身はどちら?」

しかも、それは正解したら賞金百万ドルの難問だった。

アメリカに旅行した経験がない者でも、通常、三つの州の名前は挙げられる――ニューヨークと、カリフォルニアと、テキサスだ。知識の浅い者にとって、ニューヨーク州の出身者は誰もが洗練され、たぶんスノッブであるのにたいして、カリフォルニア州民はおおらかで、人当たりがよかった。そのいっぽう、テキサス州民は、まちがいなく礼儀正しい愛国者で、概して悪意がなかった。

それにもとづいて、ダリエンはテキサス人の人格を極めていた。

「テキサスです」とダリエンはいった。「フォートワース」

「嘘《うそ》でしょ」と女警官はいった。「わたしはアーリントン出身よ。高校はどこへ行ったの?」

ダリエンは、テキサス州フォートワースはおろか、アメリカにも足を踏み入れたことがなかった。たとえそうでも、彼は優秀な工作担当官で、優秀な工作担当官はつねに自分の嘘を補強していた。

「ジェイムズ・マーティン校」とダリエンはいった。「卒業して十五年だ。きみは?」

「アーリントン高よ」と女警官は答えて、一歩近づいてきた。「同じころに卒業したわ。あの年、両校のアメリカンフットボール・チームが対戦したと思うけど。おぼえてる？」

「悪いね」とダリエンはいった。「信じてもらえないかもしれないが、わたしはあまりフットボールのファンではなくてね。罰当たりだとはわかっているが、そのとおりなんだ」

女警官は微笑んだが、ダリエンは気が休まらなかった。彼らが話をしているあいだに、彼女の男の相棒はダリエンの右肩の先に占位し、いっぽう女警官は彼の左四十五度の位置に留まっている。ようするに、彼らふたりは、ダリエンを頂点とする三角形の底辺を構成していた。この配置は、いくつかの理由で、ふたりの警官に好都合だった。すくなくとも、彼らの見とおしのよい地点はいまや、彼らに交差する射界を提供していた。

「この路地でなにをしているの？」と女警官はいった。

彼女は小柄で、スリムな体格で、かなりの美人だった。しかし、彼女はユダヤ人でもあり、それはつまり、彼女の回転の速い頭はすでにダリエンの嘘を見やぶる方法を懸命に考えているということだった。攻勢を開始するときだ。

「どうやら方向が逆だったらしい」とダリエンはいった。「公園はあの先だったかな？」

彼は身ぶりで男警官の肩ごしに指ししめし、男はダリエンが指さすほうを無意識に見た。

それがまちがいだった。

警官はふりむきながら、自分がまちがいを犯しつつあることに気づいた。彼の第六感は賢明にも、首がまだ動いているうちに、なにかがおかしいと彼に教えたようだった。警官にとって不運なことに、そのときにはすでにダリエンの肘《ひじ》が彼のこめかみに叩きこまれていた。

ダリエンはテキサスの高校については専門家ではなかったが、彼のイラン情報省《MOIS》の幹部は、彼がそれよりずっと役立つ分野に精通するよう念を入れていた――徒手格闘に。ダリエンは腰をくるりとまわして襲いかかり、自分の肘が男の頭蓋骨《ずがいこつ》にめりこんで、鮮血と血糊《ちのり》のしぶきをあげながら、口から出てくるのを思い浮かべた。そして、彼はこの打撃にそれほど力をこめていなかったが、この襲撃は警官の脳味噌を頭蓋骨のなかで跳ねまわらせるのにじゅうぶんすぎるほどだった。

警官がくずおれると、ダリエンは彼の倒れる体をつかんで、その後ろにまわり、脳《のう》震盪《しんとう》を起こした警官のぐったりとした体を楯《たて》にして、彼の相棒から身を守った。ユダヤ娘は銃を抜いて、かなりの速さでスライドを引き、銃弾を装塡《そうてん》したが、相棒のぐったりした体と向き合うと躊躇《ちゅうちょ》した。

映画とちがって、人質がいる状況での射撃は、やっかいな仕事だ。ひとつまちがえば、ダリエンを狙った九ミリ弾は、かわりに相棒にあたるかもしれない。

しかし、ダリエンにそうした制約はなかった。

男性警官の拳銃を片手でホルスターから抜くと、ダリエンは警官の装備ベルトを使ってスライドを引き、一発ぶっ放した。この距離では、まずはずしようがなかった。鉛弾は元アメリカ人の胸に真正面から命中した。

彼女はくずおれた。

ダリエンは彼女の相棒を解放して、男をぐったりと前に崩れこませ、倒れる彼の首筋に一発ぶち込んだ。拳銃の銃声が路地の狭い空間のなかで耳をつんざいたが、それはどうしようもなかった。

いずれにせよ、ダリエンにはもうひとつ片づけなければならないことがあった。

ついさっきまでは息をする人間だった血まみれの塊をまわりこんでいくと、ダリエンは女性警察官を見おろした。思ったとおり、彼女は防弾チョッキを着ていて、それが役目をはたしたようだった。かなり苦しそうにぜいぜいと息をしていたが、彼女はまだ生きていた。

ついていないことに。

「おねがい」と女警官はいって、掌を上に向けて手を差しのべた。「わたし――」

ダリエンは拳銃を二度、発砲し、対決は終わった。

いつの日か、あのパレスチナ人兄弟の命を助ける決断をふりかえってくやむかもしれないが、ダリエンにはひとつだけはっきりとわかっていることがあった。世界は、そこに住むユダヤ人がふたり減れば、いっそうよい場所になる。

ダリエンは携帯電話を取りだし、兄弟にダイヤルした。ふたりのうちで頭のいいほうが出ればいいのだが。電話が一度、二度、三度鳴った。四回目で、誰かが出た。

「もしもし？」

「外にお荷物がある」ダリエンは影のなかに足を踏み入れながらいった。「片づけろ」

ダリエンは答えを待たずに携帯電話を切ったが、兄弟が自分の指示にしたがうだろうと確信していた。ダリエンがなにをできるか知っているし、殺害されたふたりのイスラエル警察官は、彼らの考えをいっそう強めることになるだろう。なんといっても、死体を片づけることは、死体になることよりましだからだ。

# 11

「やあ《ヘイ》、かわいこちゃん《グッドルッキン》——これからどうするの《ワッチャ・ガット・クッキン》？」

ジャック・ライアン・ジュニアは、思わずにっこりとした。その理由のひとつは、カントリー歌手のジョニー・キャッシュがヘブライ語なまりで歌うところなど人生で一度も聞いたことがなかったからだ。自分の人生は平均的なアメリカ人の人生より少しばかり波乱に富んでいると思っていたのだが。しかし、それはジャックがにっこりとした原因のひとつにすぎなかった。理由の大部分は、トヨタ・カローラの運転席からふたつの笑窪《えくぼ》で笑いかける太陽のように明るい娘とかかわりがあった。

「そのせりふはよく使うのかい？」ジャックはいままで立っていた街角から道を横切りながらたずねた。

「はじめてよ」タルはまたにっこりとしていった。「イスラエルの男の子には使ってもむだでしょうからね。ちゃんとしたアメリカ人が来るまでお預けだったの」

ジャックはドア・フレームによりかかった。ココナッツとバニラのうっとりとするブレンドが鼻をくすぐる。その香りがボディローションなのか、シャンプーなのか、それ以外のなにかなのかはわからなかった。ジャックは気にしなかった。わかっているのは、車のなかは天国のような匂いがするということだけだ。

「乗るの、それともべつのアメリカ人を探さなきゃだめ？」とタルはいった。

「乗るよ」とジャックはいった。「もちろん乗るとも」

タルは目のくらむような笑顔でふたたび応じた。ジャックは自分が正真正銘、正気を失いかけている可能性に思いをめぐらせたが、気がつくととにかく助手席のほうへいそいでいた。彼がちょうどボンネットの前をまわろうとしたとき、タルがエンジンをめいっぱいにふかし、野太い咆吼《ほうこう》が彼をうきうきとした気分から我に返らせた。ジャックは跳び上がり、はじける女性の笑い声がエンジン音のなかで聞こえた。

まちがいなく、自分はどうかしている。

ジャックはイスラエルを離れる前に母親と息子のトミーを探してみようと決心すると、自分の尻を叩いてタルに電話をかけていた。結局のところ、自分はたぶんすでに陰に陽にシン・ベトの監視下に置かれているだろう。イスラエルは自分の命をユダヤ人の死体とよろこんでひきかえにするイスラム系民兵にかこまれている。その観点から、イスラエルの国内情報機関は、たえず戦時体制にある。したがって、ジャックは情報機関の監視の目をのがれる自分の能力について幻想をいだいてはいなかった。かわりに彼は、〝長いものには巻かれろ〟という金言にしたがうことにしたのである。それに、シン・ベトのかなりのリソースがあれば、ふたりのアメリカ人を見つけるのはずっと楽だろう。

　さらにまた、べつの理由もあった。

たとえ情報局員であっても、タルは、これまでかなり悲惨だった旅からのうれしい気分転換だった。そうはいっても、疑いなく有能な情報局員のかわいい笑顔に気をそらされるのは愚か者だけだ。残念ながら、ＫＧＢの悪名高い色仕掛けの罠《ハニー・トラップ》の成功例が実証してきたように、世界は愚か者で満ちあふれている。

　そして、その大半が、Ｘ染色体とＹ染色体を両方持っていた。

「わあ、これ、好きな曲なの」とタルはいって、ジャックが助手席でシートベルトを締めると、ラジオのボリュームを上げた。記憶に残るおなじみのバリトンが車内いっぱいに広がり、炎の輪《リング・オブ・ファイア》についてロマンティックに歌い上げた。

「本当にジョニー・キャッシュが好きなのかい？」とジャック。

「大好き」とタルはいって、車を大通りにすべりださせると、イスラエルのドライバー全員に共通する身の危険に無頓着なハンドルさばきで、加速して車の流れに合流した。「でも、この選曲リストは特別な場合しか引っぱりださないの。わたしはカントリーのなかでも、どちらかといえばレッド・ダート系のファンだから。あなた、テキサス出身？」

「ボルティモアだ」ジャックはそういって微笑んだ。「すまないね」

「なんだ」とタルはいって、がっかりしたふりをして首を横に振った。「わたしがはじめて会ったアメリカ人なのに、彼はカウボーイでさえない。なんとも残念」

「つまりディナーは取りやめということかな？」とジャックはいった。

タルは車の迷路から目をそらして、品定めするような視線を彼に投げかけ、ジャックは心臓の鼓動が速くなるのを感じた。その理由の一部は、一台の車が、交通量の多い市内の大通りよりも〈デイトナ五〇〇〉のレースコースに近い交通ルールを完全に無視して、彼らの前に割りこんだからだった。しかし、それは一部にすぎなかった。彼が筋のとおった考えをまとめるのに苦労しはじめている本当の理由は、まるで彼を厚切りの肉のように見定めている褐色の瞳のするどさのほうに、より関係があった。

ジャックは気を悪くしてしかるべきだった。

彼はそうしなかった。

「いいえ」とタルはいって、いらだつクラクションのコーラスを聞きながら、ちょうど車線変更に間に合うように道路に注意を戻した。「ディナーは食べられるでしょう。どうして電話をかけてきたの？　こんなに早く連絡があるとは思っていなかった」

シン・ベトの局員が言外でほのめかしたのは、ジャックはいずれ彼女に電話をかけてきただろうということだった。たぶん彼女のいうとおりだった。

「取り引きといこう」とジャックはいって、ポケットから〈キャプテン・アメリカ〉を取りだした。「市場で会った女性を見つけなければならないんだ」

「なぜ？」タルは、自分の車とほかの通勤者とのあいだに数メートルではなく数十センチしか間隔がないようなのろのろ運転の流れのなかを縫って進みながらいった。

「彼女の息子がこれを落としたのさ」とジャックはいって、ダッシュボードに〈キャプテン・アメリカ〉を置いた。「還《かえ》ってきてほしいと思っているだろう」

タルはアクション・フィギュアをちらりと見てから、ジャックにもう一度視線を走らせた。今度も値踏みをするような視線だったが、たぶん理由はちがっていた。

「あなたの知り合いじゃないと思ったけど」とタルはいった。

「知り合いじゃないさ。でも、彼女の息子を見て、子供のころの友だちを思いだしたんだ。アクション・フィギュアは彼女の息子にとってだいじなものなんだと思う。かわりの玩具《おもちゃ》じゃだめなほど重要なね。返してやりたいんだが、ふたりがどこに滞在しているのかも、母親の名前も知らないんだ。だが、シン・ベトの誰かなら、わたしは知っている」

「あなた、本当にカウボーイじゃないの、ジャック・ライアン？」とタルはいった。

「歳をとるにつれて、だんだんなにかに自信が持てなくなってね。だが、誰よりも都会っ子だよ」

「どうやらそうらしいわ」とタルはいって、ため息をつくふりをした。「カウボーイなら、いまごろわたしに言い寄っていたでしょうからね」

「誤解してもらっては困るんだが」とジャックは笑いながらいった。「きみはカウボーイについてなにを知っているのかな？」

「たくさんのことをね」タルの褐色の目はその話題に興味津々《しんしん》な様子だった。「わたしの父は、わたしが子供のころ、モンタナ州のあるアメリカの大学で教えていた。彼はカントリー・ミュージックとカウボーイ映画にすっかり夢中になったの。わたしはそうやって英語を学んだのよ」

「好きなカウボーイは誰？」とジャック。

「本物のカウボーイで？　たぶんジョージ・ストレイトね。映画のカウボーイ？　だったら簡単――ジョン・ウェインよ。〝男は男がやらなきゃならないことをやらなきゃならないんだ〟」

タルは、声の調子をできるだけ低くして、〝デューク〟ことジョン・ウェインの特徴あるゆったりとした口調をじょうずに真似《まね》したので、ジャックはついまた笑ってしまった。

「うまいじゃないか」とジャックはいった。「シン・ベトの局員は全員、そんなに才能豊かなのかい？」

「ジャック・ライアン、わたしはあなたが出会う誰とも似ていないわ」とタルはいって、突然、真剣になった。「なくした玩具を返すのが、わたしに電話をかけた唯一の理由？」

「ちがうね」とジャックはいった。「きみなら、いい食事の場所を知っているかもしれないと思ったんだ」

「ああ、あなたは頭がいいわ、ジャック・ライアン。カウボーイより愛しているものがわたしにひとつだけあるとしたら、それは食事よ。まずあの女性について一本、電話をかけるから。そうしたら、あなたが一生忘れないディナーを楽しみましょう」

「すばらしい」とジャックはいった。「だが、ひと言いっておくがね、カウボーイはフムスを食べないよ」

「だったら、あなたがカウボーイじゃなくてよかった」

# 12

それから三十分後、身の毛のよだつような一連の車線変更のあとで、ふたりは地中海を見おろす静かなテーブルについた。暖かい海風が水面《みなも》から吹いてきて、潮の香りとグリルされる肉の匂いを運んできた。風は見えない指でタルのブロンドのメッシュが入った髪をひっぱり、くるくるした巻き毛を乱した。

ジャックは彼女が、女性がつねに持っているように思える無尽蔵の輪ゴムの一本かヘアクリップで髪を後ろでまとめると思ったが、シン・ベトの局員はまたしても彼を驚かせた。タルは顔を風のほうに向けると、目を閉じて、深々と息をしたのである。

「海は大好き」と彼女はいった。

「きみが大好きなのはカウボーイだと思ったけどね」とジャックはいった。

「わたしが好きなものはたくさんあるのよ、ジャック・ライアン。ああ――食事が来た」

ウェイターはふたりが着席するとすぐにやって来たが、タルはヘブライ語で長々とまくしたてて彼をあたふたと引き下がらせ、しゃべる機会さえあたえなかった。ジャックは自分でもひと品かふた品、食べたいものをつけ加えようとしたが、シン・ベト局員は却下した。彼女は、ジャックが自分の国では客人なのだから、彼女が注文したものを食べ、飲むのだと、疑問の入る余地のない言葉で述べた。

ジャックは抗議したが、それは本気でがっかりしたせいというより、タルがそれを期待していると思ったせいだった。実際には、彼はほとんどのことを楽しんでいた。それに、彼はイスラエルのじゃじゃ馬娘をからかうのをおもしろがっていた。

ウェイターは五つ星のレストランで賞を獲得できるような華麗な身ぶりで最初のコースをテーブルに置いた。それぞれに新鮮なオリーブが飾られたフムスのボウルが六つに、温かいピタパンの籠《かご》。つづいて、グラス入りのワインと、ビールと炭酸水のボトルが運ばれてきた。

夕べのはじまりとしては悪くない。

ジャックはフムスの前菜にがっかりしたふりをしたかったが、パンはあまりにもいい香りがした。ひと切れをふたつに割ると、いちばん手近のボウルに温かいピタをつけて、口いっぱいにほおばる。

天国だ。

「気に入った？」タルは目を輝かせてたずねた。

「最高だよ」とジャックはいって、おかわりをした。「フムスだけではちゃんとした食事とはいえないということを、ふたりとも理解しているかぎりはね」

タルが答えるために口を開いたとき、携帯電話のかん高い呼び出し音がじゃまをした。彼女はハンドバッグをあさって、電話機を取りだした。

「もしもーし」タルは電話機を耳に当てていった。

ジャックには電話の向こうの男性の声が聞こえたが、ヘブライ語はちんぷんかんぷんだった。タルは二度うなずき、一度質問すると、返事を受け取ってから通話を終えた。

「局からだった」とタルはいって、ハンドバッグに電話機を戻した。「お友だちの住所はわかった」

「速かったな」とジャックはいって、ピタの塊をまたちぎった。

「わたしたちはシン・ベトよ。速さがわたしたちの仕事なの」

ジャックは口を開きかけたが、なにをいおうとしていたのか忘れてしまった。白い飛行機雲がタルの右肩のすぐ後方で青い地中海の空をぐんぐん上昇している。

「ロケットだ」とジャックはいって立ち上がった。

タルは座ったままふりむき、煙の航跡を目にすると、悪態をついた。「ガザから飛んでくる」

「さてどうする?」とジャック。

「あなたはこれからイスラエルの技術力が目の前で実証されるのを見ることになるわ」

「〈アイアン・ドーム〉か?」とジャックはいった。

タルはうなずいた。「あのシステムにはたしかに欠点がある——すなわち、費用よ。迎撃ミサイル一発一発には四万ドル以上の値札がついているので、ロケットの弾道で人口集中地域に命中することがわからないかぎり、迎撃ミサイルを制御するコンピューターは、発射の引き金を引かないの」

空襲警報のサイレンがタルの言葉を強調した。震えるサイレンの音を聞いて、ジャックは現在のテルアヴィヴではなく第二次世界大戦の映画のセットにいるような気がした。しかし、店内でディナーを楽しむほかの客たちは、警報をさほど気にしているようではなかった。

「誤解してもらっては困るんだが」ジャックは飛行機雲が上昇をつづけるのを見てい

った。「防空壕《ごう》かなにかへ向かったほうがいいんじゃないかな？」

「えっ？　そしてショーを見のがすの？」とタルは答えた。

彼女の笑みはまったくおなじようににこやかだったが、ジャックの目には少し引きつっているように見えた。

「五年前なら、いや、二年前でも、誰もが防空壕に向かって走ったでしょう。でも、アイアン・ドームがわたしたちを無関心にしたんじゃないかと思う。迎撃ミサイルの有効性のおかげで、ロケット攻撃は減少している。聖戦士たちが本気で攻撃を仕掛ける場合には、彼らは迎撃システムを圧倒することを願って、飛翔《ひしょう》体をつぎからつぎへと打ち上げる。たった一発のロケットなんか心配することはこれっぽっちもないわ」

「近くに命中したら、そうもいっていられないよ」とジャック。

「見ていたらわかるわよ、ジャック・ライアン」

飛行機雲は頂点に達し、それから弧を描いて地上に落下しはじめた。ジャックはロケット科学者ではなかったが、物理学者でなくても、白い指先がまさに彼らを指差しているのはわかった。

「きっと目の錯覚ね」とタルはいった。ジャックと同じことを考えているのだ。「もし危険が迫っているなら、いまごろはもう迎撃ミサイルが発射されているはず」

ジャックが、君子危うきに近寄らずという主旨の主張をしようとしたとき、彼らの背後の地平線から炎の条《すじ》が立ち上った。

「遅れてもないよりましだからね」とジャックはいって、タミル迎撃ミサイルがマッハ二・五以上で空に向かってぐんぐん上昇するのを見守った。

「肩の力を抜いて」とタルはいった。その声に不安のかけらがはじめて混じった。「あなたはこれから驚きの光景を目にすることになるわ」

彼女のいうとおりだったが、たぶん彼女のいおうとしたふうにではなかった。飛来するロケットの飛行機雲は、たしかに驚くと同時に恐ろしいことをやった。

コースを変えたのである。

「あの物体は誘導されている」とジャックはいって、テーブルごしにタルの手をつかんだ。「避難場所を探さないとだめだ。さあ」

「そんな必要はない」タルは首を横に振った。「いったでしょう」

ジャックは議論を切り上げた。タルが天を見上げているあいだに、ジャックは彼女の腰をつかんで、椅子から持ち上げた。

「ちょっと」とタルはいって、体をふりほどこうとした。「いったとおり——」

しかし、彼女がなにをいおうとしていたにせよ、ジャックは聞いていなかった。おそらくこのシン・ベト局員を、消防士が負傷者をかついで運びだすときの要領の変種で、肩にかつぎ上げたせいだろう。しかし、それは理由の一部でしかなかった。横隔膜にジャックの広い肩がめりこんだ状態でタルに話ができたとしても、紙をびりびり破る音と猫がフーと鳴く音に同じぐらいよく似た、特徴のあるうなり音のなかでは、彼女の声は聞きとれなかっただろう。

いいかえれば、終末進入に入ったミサイルの特徴的な音だ。

ジャックは多少とも遮蔽《しゃへい》物になる停車中の車に向かって走りながら、空を見上げてみた。彼が目にした光景は、うれしいものではなかった。白い煙の航跡はいまや、直接彼らのほうへ曲がっていた。そのいっぽうで、アイアン・ドームの迎撃ミサイルは、月への片道飛行の途中らしかった。うなり音が本格的な轟《とどろ》きになると、ジャックはタルを車に向かって投げ下ろし、きゃしゃな女性の体におおいかぶさった。

その一秒後、ミサイルが激突した。

# 13

ジャックの顔は一瞬、タルの光る褐色の瞳から数センチのところにあった。つぎの瞬間、彼とイスラエルの情報局員は、からみ合った手脚の山になっていた。ジャックにはコンマ何秒か、胸に押しつけられる彼女の筋肉質の体の心地よさについて考える間があった。すると彼女はジャックのみぞおちを突き、ジャックが息をしようとあえぐあいだに彼の下からするりとすべり出た。

ジャックは自分の活発な母が父に結婚を申しこむよう仕向けたことを知っていたが、不屈のキャシー・ライアンでさえ、未来の夫に貫手《スピアハンド》をお見舞いしたことはなかった。たぶん、やっぱり母親のいうことを聞いて、気立てのいいカトリック娘と結婚して身を固めるべきかもしれない。

もちろん、イスラエルから生きて出られるとしたらだが。

「どういたしまして」とジャックはいうと、寝返りを打ってひざまずいた。

タルはすでに立ち上がって、車のボンネットごしにあたりを見まわしていた。

「わたしたち、死んでいてもおかしくなかったわ」とタルはいった。

「だからいっただろう」ジャックはそういいながら立ち上がった。「どういたしまして」

「はいはい」とタルはいって、細い指でジャックの言葉を一蹴《いっしゅう》した。「ロケットについてはあなたのいうとおりだった。でも、爆発の半径がずいぶん小さすぎた。ガザからテルアヴィヴに到達するために、テロリストたちは現地製のM‐75ロケットか、たぶんイラン製のファジル・ロケットを使ったんでしょうね。これらの兵器には十キロの高性能爆薬の弾頭がついている。ここから衝撃が感じ取れたはずよ」

ジャックは立ち上がって、惨状を見まわすためにふりかえり、タルのいうことに一理あるのに気づいた。ロケットは約二十メートル離れた新聞と土産物を売る売店の近くに着弾していた。空にはちぎれた新聞紙の吹雪がいっぱいにただよい、売店の金属製の骨組みはななめにかたむいていたが、建物はまだ大部分、無傷だった。

さらに驚いたことに、新聞の売店のななめ向かいの通りに駐車した二台の車はどちらも傷ひとつなかった。

ジャックが見ていると、ひとりのアラブ人男性が売店からよろめき出てきて、すぐにがっくり膝をついた。タルは男に駆け寄り、ジャックがあとにつづいたが、ふたりの助けはいらなかった。男は震え上がり、たぶん脳震盪も起こしていたが、血がついてもいなかったからだ。すぐにジャックは男がひざまずいたのは、けがのせいではなく、祈っているからだと気づいた。

あれこれ考えてみると、ジャックは店主になにか思いあたる節があるのかもしれないと思った。

「ロケットが見えるか？」とジャックはたずねた。「たぶん起爆しなかったんだ」

タルは首を横に振りながら、ゆっくりと売店をまわって歩いていった。

「待った」とタルはいって、建物の向こう端で足を止めた。「見えるわ。屋根から安定板《フィン》がつきだしている。全員を下がらせて」

シン・ベトの局員はそういいながら携帯電話を取りだし、番号を打ちこんだ。ジャックはアラブ人男性を立ち上がらせ、それから見物人の群れに下がれと叫んだ。驚いたことに、彼らは聞き入れた。ひと握りの人間は売店の近くに集まりたがったが、群衆の大部分はかたまって通りを横切り、安全な距離を置いた。

すくなくともジャックは三十メートル程度が安全な距離にあたると想定した。ロケットの弾頭は彼の専門分野とはいえない。さいわい、警察の車が二台、到着して、制服警官たちが本物の境界線を設定した。

群衆整理の短いキャリアが終わったことにほっとしたジャックは、売店のほうに向き直って、タルを探した。じきに通りの向こう側に小柄なブルネットの姿が見えた。またべつの警察官と話をしている。ジャックは目の前のイスラエル人たちをぐるりと回ってゆっくりと群衆のなかを抜けだし、タルのほうへ向かった。

警官のひとりが彼をさえぎった。ジャックは警官より背が約十五センチ高く、たぶん四十五キロ近く重かったが、イスラエル人は一歩も引き下がらない構えだった。警官はジャックを見上げ、胸に片手をついて押し返しながら、そのあいだずっとヘブライ語でがみがみと彼にまくしたてた。まだ起爆していない可能性のあるロケットが依然として売店からつきだしているので、ジャックは、いまはいい争っている場合ではないと思った。

「タル」ジャックは目の前の火の玉男を無視して叫んだ。「タル」

自分の名前を二度目に耳にしたとき、シン・ベト局員はふりむいた。ジャックを見て、会話を切り上げると、彼のほうへ歩きだした。

彼女が二歩進んだところで、ロケットが起爆した。

# 14

気づくとジャックはまたしてもイスラエル人と手脚をからみ合わせていた。今回、ヘブライ語をしゃべる人間はまちがいなく男性で、古くなったコーヒーと煙草《たばこ》の臭いがした。

いいかえれば、その感覚はとうてい心地よいものとはいえなかった。

ジャックは警官の下から這《は》いだすと、よろよろと立ち上がった。そしてそのとき、状況が一瞬にしてさらに悪化したことに気づいた。ジャックはいまや平均的なイスラエル人の威勢のいい性格をよく知っていたので、ヘブライ語の怒号を浴びせられるか、あるいはもっとありそうなことだが、タルの貫手のもっと親しみのこもっていないやつをみぞおちに食らっていてもおかしくなかった。

ところが、その警察官はまったくおとなしかった。

死んでいたからだ。

十五センチの鉄塊が男の背中のど真ん中からつきだしていた。

最初、ジャックは負傷の度合いを判別するモードに入って、脈をとるかたわら警官の気道と呼吸を確認した。しかし、彼は機械的にやっていただけだった。男の視力を失った目を見れば、自分の努力がむだであることはわかった。鋼鉄の塊は射撃の名手が放った弩《いしゆみ》の矢のように、肩甲骨《けんこうこつ》のあいだでほぼまっすぐにイスラエル人の体に突き刺さり、背骨を切断してから、胸腔《きょうくう》をつらぬいていた。どんな野戦外傷医学も、もはや機能する肺を持たない負傷者を救うことはできない。

ジャックはふりむいて爆発の半径を見わたし、呪いの声を上げた。彼はまちがいなく人並みに死を目撃してきたが、これはべつものだった。歩道は血染めで、体の一部がちらばるいっぽう、売店はくすぶる瓦礫《がれき》の山だった。

その瞬間、ジャックは死の道具を発射した聖戦士たちが、まさにホールインワンを沈めるのに相当することをやってのけたのに気づいた。満員の映画館で起爆させるのをのぞけば、ジャックにはこれ以上、効率のいい標的を思いつけなかった。あの吹けば飛ぶような建物の建築に使われていたアルミニウムが、破砕されて剃刀《かみそり》のように鋭利な無数の軽い飛翔体となり、竜巻に乗った紙切れのように衝撃波で四方八方に飛び散ったのだ。

ジャックは、くずおれた人の姿から人の姿へと目を走らせ、やがて日にさらされメッシュになった髪の毛の塊が、コンクリートの上に広がっているのを目にした。通りをダッシュして横切り、うつぶせのシン・ベト局員の横にひざまずくと、ふたたび呪いの声を上げた。血で黒ずんだ彼女の髪は、タルも爆発の殺傷半径につかまったことを示唆していた。

ジャックは、覚悟を決めて、タルをゆっくりとあおむけにした。

殺傷性の鋼鉄をあの警官の胸腔にみちびいた見えない手が、同じ死の道具をタルから押しのけたらしかった。彼女の顔は血まみれだったが、その大半は彼女のものではないようだ。ジャックは手探りでいくつか浅い傷を見つけたが、おそらく飛んできたガラスかなにかの破片によるもので、深刻なものはなにもなかった。

「タル、聞こえるか？」とジャックはいった。

シン・ベト局員の目蓋《まぶた》がぴくぴくして、彼女は低いうめき声を漏らし、それからかすかに聞き取れるヘブライ語でぶつぶつとなにかいった。

「タル」とジャックはいって、彼女の頬をなでた。

彼女は目を開き、それから身をよじった。今度はジャックも準備していた。彼はタルの固くした指先がなにかやわらかいものにぶちあたる前に、貫手をはらいのけた。

この女性のとなりで目をさますのはきっとたいへんだろうな。

「タル」とジャックはいって、彼女の顎《あご》を両手ではさんだ。「わたしだ、ジャックだよ」

タルのきょろきょろする目が泳いで彼の目をのぞきこみ、ジャックはさっきの結論を考えなおしている自分に気づいた。やっぱり、そういうのも朝のはじめかたとしてはそう悪くないかもしれない。

「ジャアク」タルは彼の名前を引き延ばして発音した。

彼女はろれつが回らなかったわけではないが、あきらかに衝撃波で脳震盪を起こしていた。爆発で発生した衝撃波はやっかいなことをする。発生した衝撃力は、人が爆心地により近く立っていればいるほど、指数関数的に増大する。爆風が内臓のやわらかい組織にあたえる損傷は、しばしばＭＲＩがなければ診断がむずかしい。

「わたしはここだ」とジャックはいって、彼女の頭を膝の上でかかえられるようにタルの位置を変えた。「聞こえるかい」

「なにもかも痛い」とタルはいい、目がすうっと閉じた。

「いやいや」とジャックはいって、彼女の頬を軽く叩《たた》いた。「眠っちゃだめだ。きみはどうやら脳震盪を起こしているらしい」

サイレンが四方八方で金切り声を上げて、緊急車両が到着し、事故現場で最初に対応にあたる要員は、トラックが完全に停止する前に飛び降りた。イスラエルという国は、その短い歴史のなかで、かなり多くのことに熟達するようになっている。そうしたものの一部は、テルアヴィヴに活気をあたえる技術革新のように、国の誇りの源である。それ以外のものは、国家の必要性から生じたものだ。

大量の死傷者が出た事件への対応は、後者にあたる。

しかし、この場合には、白衣を着た多数の男女は、ジャックがぐったりとしたシン・ベト局員の面倒を見ていることにたいして感じる罪悪感の一部をやわらげる働きがあった。なにしろ、もっと重傷の可能性のある負傷者が手のとどくところに倒れているのだ。とはいえ、腕のなかでぐったりとしたイスラエル娘の感触と、彼女のココナッツの香りがする褐色の肌の匂いはべつとして、タルが昏睡《こんすい》状態におちいる危険性は、ひじょうに気がかりだった。ジャックには、医療の専門家に負傷の度合いを判定してもらうまで、シン・ベト局員をしゃべりつづけさせる必要があった。

「ジャック」とタルはふたたびいった。

「ここにいるよ」とジャック。

彼女の発音はましになっていたが、彼は念のため、彼女の目を日陰にして、瞳が開くか調べた。彼女の瞳孔はきちんと拡大し、収縮した。

ここまでは問題ない。

「誤解してもらっては困るんだけど」とタルはいった。「でも、あなたはひどいディナーデートの相手ね」

# 15

ダリエンは、通りの向こうの見晴らしのいい地点から爆発の結果を観察した。彼が飛んできたガラスで切り傷を負うほど爆発に近かったというのは、ちょっとした皮肉だったが、これはいたしかたなかった。彼は、テーブルの高さのコンクリート・フェンスと分厚いエルサレム石灰岩の張り出し屋根があるレストランを選んで、できるだけ状況を緩和していた。

しかし、コンクリートとフェンスは、アラブ製ロケットのお粗末な設計の誘導システムから彼を守ってはいなかった。かまうことはない。作戦上の余裕はほんの少しだった――ダリエンがとぼしいとはいえないキャリアでずっと守ろうとしてきたなかでもっとも厳しいスケジュールだった。ダリエンの上司たちは、第二段階を許可する前に、報酬が避けがたい代償に見合うものになることをぜひとも確かめたがった。ソフトウェアが正確に機能することを誰かが実証する必要があったのである。

その誰かとはダリエンだった。

とはいえ、彼の観測地点は、彼が思っていたのよりも少し現場に近かった。ロケットはいつものように所定の弾道からはずれていた。

それも大幅に。

テヘランのインテリたちはダリエンに、計算によれば飛翔体は彼が選んだ観測地点から二百五十メートルほどの地点に落下するだろうと請け合っていた。これは興味深い話だった。なぜなら、ロケットは二十五メートルそこそこしか離れていない売店に突っこんだからだ。

さいわいなことに、ダリエンは、アイアン・ドーム迎撃ミサイルの飛行経路を迎撃ポイントとなるはずだった地点の真下から記録するというアフマディ将軍の要求にしぶしぶしたがっていたが、延期信管を使うという条件は断固としてゆずらなかった。この用心のおかげで、弾頭が起爆する前に煉瓦《れんが》塀の陰に隠れるのに必要な時間がダリエンにはあったのである。

呆然としたアラブ人に手を貸して安全な場所につれていこうとしたユダヤ人たちには、そうでなかった。

しかし、ロケットが引き起こした破壊は、付け足しではなかった。重要なこと、ダリエンがそもそも自分の身を危険にさらした理由は、彼が携帯電話のカメラで撮影した四秒間のビデオ映像だった。

ダリエンは正しい動画ファイルを選ぶと、それを〈ユーチューブ〉に投稿し、ファイルはほかの十数件の動画にくわわった。しかし、ダリエンが選んだ〈ユーチューブ〉チャンネルは、インターネット上に流れるそれ以外のビデオ映像とはちがう、ひとりの重要なチャンネル登録者に特化していた。

ダリエンは立ち上がって、血糊でいっぱいの通りと負傷者の叫び声から遠ざかる客の群れに仲間入りした。ダリエンが群衆にくわわったとき、携帯電話が振動した。彼は電話機を見て、改造した〈テレグラム〉アプリを起動すると、暗号化キーを打ちこんだ。

ひとつの言葉が待っていた。

〝承認済み〟

ダリエンは微笑んで電話をポケットにしまった。

本当のお楽しみがはじまろうとしていた。

# 16

## シリア、
## アル・タンフ前哨基地

「サーファー、こちらリーパー・セブン」とケアリーはいった。「聞こえたら、耳を掻《か》け」

ケアリーがスコープをのぞいていると、ジャドが右耳のところに手を持っていって掻いた。それから、こんもりとした黒いカーリーヘアですっかり隠れた指で、耳を掻く仕草から中指を突き立てた。

「聞こえているようだ」

その感想を漏らしたのはダグ・クラムで、チーム付き衛生兵の声の響きはケアリーを不安にさせた。おなじみのクラムドッグがいったなにかのせいではない。この早口のオハイオっ子は十年近くチームにいて、ケアリーにかんするかぎり、全世界にこれ以上すばらしい衛生兵はいなかった。

そうではなく、ケアリーを不安にさせたのは、いつもなら左肘の十数センチ先から聞こえるのはダグではなくジャドの声だったからだ。しかし、ジャドは千メートル離れて、大ボラを吹いているのかもしれないＣＩＡの情報提供者といっしょに、世界の終わりをもたらしたがっている人間でいっぱいの施設に入っている。

それ以外には、ケアリーには心配することはなにもなかった。

「だいじょうぶですよ。そのうちわかりますって」

ケアリーはうなったが、なにもいわなかった。

ダグが、オハイオ州立大学アメリカンフットボール部の話でケアリーをからかうのではなく、彼を安心させようとしていることが、雄弁に物語っている。もし不屈のクラムドッグが心配しているのなら、この作戦全体がとんでもなくまずい思いつきなのだ。あいにく、考えなおして修正する時間はとうにすぎていた。

好むと好まざるとにかかわらず、ジャドはごたごたに巻きこまれていた。

「各隊、こちらリーパー・セブン」とケアリーはいった。「サーファーはクルーズ中、くりかえす、クルーズ中」

作戦中の無線送信はつねにやっかいな問題だ。長く詳細な指示に耳をすまし、応答するのは、特殊作戦部隊員が実際には集中しているはずのもの――戦場――から気をそらすことになる。

そのため、通常は隠語で簡単な最新状況報告が行なわれる――無線網上の全員にできるだけ少ないおしゃべりでなにが起きているかを正確に知らせるための一語の呼びだし信号だ。一定時間で複数の隠語が送信される作戦では、しばしば隠語にテーマがある。この場合には、そのテーマはケアリーの好きな役者だった。〝クルーズ〟はジャドが施設に入るのに成功したことを意味する。〝リーブス〟はチームが聞き耳をたてるつぎの隠語で、ジャドが警備を通過したことをしめす。

同様に、〝キッドマン〟は、誰もが記憶しているが誰も聞きたくない一語だった。もしそれが無線で流れたら、任務は大失敗だ。

「リーパー・シックス、クルーズを確認」

隠語をくりかえすアレックス・ブラウン大尉の声の響きは、ケアリーの胃が締めつけられるような感じをやわらげるのに大いに役立った。原則上は、チーム指揮官はケアリーの位置にいるべきだった――トヨタ・トラックの助手席に乗るジャドを見守りながら、丘の上に。

しかし、またしてもブラウン大尉は、特殊部隊A《アルファ》チームの指揮官になるのに比類なく適していることを実証していた。

ブラウン大尉は、ジャドがいまやろうとしていることが、必要であると同時に、たがいに命を託しあう十二名のチームにとってきわめて重要な人間関係の力学を乱すことも知っていた。したがって、彼は作戦における自分の役割を一方的に決めるのではなく、チーム先任下士官に自分がどうしたらいちばん役に立てるかとたずねたのだ。

ケアリーは一瞬考えたあとで、後方警戒の位置がいちばんいい場所でしょうと正直に答えた。そこからなら、ブラウン大尉はチーム外部の諸部隊と連係し、現場の兵士たちと、実戦から五十キロ離れたエアコン付きの戦術作戦センター《TOC》に座る監督者たちとの連絡をつかさどることに集中できる。

ブラウン大尉は即座に同意していた。いま、自分のチーム指揮官の声の響きは、ジャドがひとりではないことをケアリーに思いださせた。ブラウン大尉は、一キロも離れていない場所から、特殊作戦部隊ならではの戦力を何倍にも増強する要素とともに、チーム全体を見張っていた。9・11同時多発テロ以降の月日にアル・カーイダとタリバンがいやというほど思い知らされたように、Aチームはかなりの戦力を戦闘に投入する。

「リーパー・セブン、こちらリーパー・フォーティーン、サーファーのトラックが停まりつつあり」

「フォーティーン、こちらセブン。了解した。こうなることは承知だ。あわてるんじゃないぞ」

　さすがは作戦分遣隊アルファ《ODA》のチーム先任下士官だけあって、ケアリーは、入隊以来ずっとみがきをかけてきた冷静で感情を排した無線の声で指示を伝達した。兵士は指揮官の感情からヒントを得るし、指揮官が無線上で感情を爆発させることほど戦術部隊を浮き足立たせるものはない。

　しかし、心のなかでは、ケアリーは冷静とはほど遠かった。

　ケアリーのチームにこの任務を押しつけた愚か者のＣＩＡ工作担当官ビルは、ジャドが施設の警備員にわずらわされることはないだろうとブラウン大尉に請け合っていた。彼の情報提供者によれば、カルト信者たちは施設の南東側で大きな建設計画を進めていた。作業をつづけるために、変人たちは地元民に金をはらって、速乾コンクリートの袋やコンクリート・ブロック、材木、その他もろもろの資材をトラックで運びこませていた。

　情報提供者はこの一週間、一日に一度、毎回ちがう労働者といっしょに、建設資材を運びこんできた。ジャドは彼の雇い人役をつとめ、この機会を利用して、こっそりと写真を撮ると同時に、カルト信者たちがやっていることをなんであれその目で見るつもりだった。うまくいけばアフマディ将軍がまた姿を現わすだろう。しかし、コッズ部隊の司令官が現われなくても、ジャドは変人たちがひそかにたくらんでいることを嗅ぎつけられるはずだ。

　簡単だ。

　すくなくとも、八時間前のチーム・ルームではそう思われた。ＡＫ－47で武装したふたりの男がジャドに車を降りるよう合図しているいま、この作戦はなにひとつ簡単に思えなかった。

「リーパー・セブン、こちらフォーティーン、サーファーが車から出る。徴兵適齢期の男性二名が両方とも彼に目をつけている」

「こちらリーパー・セブン、全部受信している」とケアリーはいった。「青いシャツを着た徴兵適齢期《MAM》の男を標的シエラ・ワンに指定する。その相棒はシエラ・ツー。確認せよ、どうぞ」

「リーパー・フォーティーンはシエラ・ワンを受け持つ」

「リーパー・イレブンはシエラ・ツーを受け持つ」

「リーパー・セブン、了解。サーファーの脅迫通報は、両手を頭の上で組むポーズだ。それを見たら、標的を倒せ。それ以外は、すべての射撃はわたしが個別に許可をあたえる。サーファーは口が達者だ。彼ならできる」

ケアリーの無線送信にたいして、複数の〝了解〟が返ってきた。冷静に、おちついて。それが肝心だ。彼自身の指はバレット・アドヴァンスト・スナイパー・ライフルの銃床を握りたくてうずうずしているが。けっしてチームのほかの二名の狙撃手の腕前を疑っているとかそういったことではない。しかし、ジャドは彼の観測手であり、ケアリーが自分の友人をおびやかしているふたりの男たちの頭のひとつに狙いをさだめている狙撃手ではないのはおかしいように思えた。

しかし、それが、ただの射撃手ではなく、チーム最先任下士官であるということだった。

「なにもかもうまくいく、なにもかもうまくいく」ダグはロザリオの祈りを唱えているように何度も呪文をささやいた。

「勘弁してくれよ、クラムドッグ」ケアリーはそういって、可変倍率スコープの焦点を調節した。「おまえのせいで胃がきりきりする。そのくだらんやつはやめろ」

「すまない、ボス」とダグはいった。「あそこにいるのはジャドなんだ。ジャドなんだよ」

ケアリーは口を開いたが、用意した気のきいた返しは、舌の上で塵《ちり》と消えた。ケアリーがホルス製スコープの鏡内目盛りの提供する精度をとおして見守るなかで、シエラ・ワンがジャドのシャツをつかみ、アラビア語で彼に話しかけた。同時に、シエラ・ツーはＡＫ－47をスパイに向けると、身ぶりでトラックから降りるよう命じた。

あらゆるグリーンベレー隊員同様、ケアリーは特殊部隊資格課程の締めくくりの二十六週間をついやして、新しい人生にとって役立つであろう言語を学んでいた。ケアリーは第五特殊部隊群に配属されることになっていたので、アラビア語を教わった。流暢《りゅうちょう》とはとてもいえなかったが、ジャドのマイクをつうじて、警備員がなにかに満足していないことがわかるぐらいには会話をキャッチしていた。

そして、それが問題のひとつだった。

さらに大きな問題は、シエラ・ワンの指がジャドのシャツに隠された盗聴器から十センチも離れていないことだった。

「サーファーの手はまだ自由だ」とケアリーはいった。「そして、まだ脅迫の合図を送っていない。くりかえす、脅迫の信号は送っていない。射撃手は射撃を控えろ。了解したか」

「リーパー・フォーティーン、了解」

「リーパー・イレブン、了解」

　狙撃手たちの迅速な受信確認はいい兆候だったが、ケアリーはまどわされなかった。グリーンベレー隊員の候補者を選抜するのに使われる心理的プロファイルは、上級司令部《フラッグポール》から遠く離れて暮らし活動する特殊作戦部隊員にふさわしい、自主性のある思考と行動に重きを置いている。しかし、この自主性は高くついた。ケアリーは、射撃手のひとりが状況は手に負えなくなりつつあると考えたら撃つだろうということを、一瞬たりとも疑わなかった。

　ケアリーだって彼らの立場だったら同じようにしただろう。

「リーパー・セブン、こちらリーパー・シックス、どうぞ」

「こちらセブン、どうぞ」とケアリーはいった。

「了解、セブン、こちらの通訳《TERP》がリアルタイムの通訳にあたっている。あのふたりの阿《あ》呆《ほう》は昨日、情報提供者がトラックで運んできた木材の質にかんかんに腹を立てているんだ。かなりの数の板材がゆがんでいた。ＴＥＲＰはこれがただの交渉術だと考えている、どうぞ」

「その件、了解した、シックス」とケアリーはいった。「そうだといいが。もし変人たちにひどい材木を売って少々甘い汁を吸おうとしたせいで、あの情報提供者がこの件をめちゃめちゃにしたら、おれはビルだろうが、ボブだろうが、どんな名前だろうが、個人的に責任を取らせてやる」

「わかるよ、セブン」とブラウン大尉はいった。「それに、ビルはわたしのすぐとなりに立っているから、彼も見守っていると思うよ」

チーム指揮官の声を聞いてケアリーの顔に笑みが浮かび、緊張がいくぶん体から抜けるのを感じた。ディスプレー画面では、激しい身ぶりと怒りに満ちた口調がしずまって、死につながる対決というよりはむしろ日常の市場の値段交渉を思わせるものになった。最後の厳しい叱責のあと、ジャドと情報提供者はトラックに戻ることを許され、建設現場に向かって進むよう合図された。

ケアリーは自分でも気づかないうちに止めていた息を騒々しく一気に吐きだした。彼の横では、ダグのささやき声が聞こえなくなった。無線はいまだに交信中で、チームの残り八名のメンバーがそれぞれの監視所から施設内を横切るジャドの前進をモニターしていた。

ケアリーが自分とダグを視界から隠してくれる岩の露頭を選んだのは、施設内部が見えるからだったが、それでも完全に視線がさえぎられないわけではなかった。障害物のせいでトラックは数カ所で見えなくなり、ケアリーは仲間のグリーンベレー隊員が叫ぶ隠語をたよりにジャドの位置をたどる必要があった。すると、彼が待っていた一報が飛びこんできた。

「サーファーはガーナー中。くりかえす、ジェニファー・ガーナー中」

ケアリーは送信ボタンを二回押して無線の受信確認をするいっぽうで、ディスプレーをいじって画面を二分割し、もうひとつのビデオ画像送信源を選んだ。この画像はジャドのシャツについた小さな無線ボタンカメラのおかげでもたらされたものだった。

二日前、カルト団体のメンバーたちは、建設現場をおおう一連のテントを張っていて、ＣＩＡ局員のビルはそれが作業員に日陰を作るためのものではないと考えた。今回だけは、ケアリーも同意見だった。カルト信者たちはイカれているかもしれないが、だからといって馬鹿だということにはならない。これらの天幕は、軌道を周回する衛星あるいは飛びまわるドローンといった詮索の目からなにか重要なものを守っている可能性があった。

ジャドはこの仮説を試験にかけようとしていた。

ケアリーが待つうちに、ノイズの多いビデオ画像は、リーパー・イレブンのところに設置されたデジタル増幅器がビデオ・ストリーム画像を復号して信号を増幅すると、認識できる映像へと変わった。突然、土に粗く掘削され、板材でかこまれた一連の対称な窪《くぼ》みが、視野に飛びこんできた。

不安定なビデオ画像は、各区画が幅百メートルの敷地面積いっぱいに格子《こうし》状に配置されているのをしめしていた。それぞれの窪みは、となりのものから等距離にあった。窪みは建物の基礎としては小さすぎたが、ケアリーは実家の農家で建設作業をよくやってきたので、コンクリート打設のための根切り工事は見ればわかった。

「いったいあれはなんだ？」ダグは画面を指さしていった。

「わからん」とケアリーはいった。「だがつきとめられそうな感じがするな」

# 17

## イスラエル、テルアヴィヴ

ダリエンは鏡のなかの自分の姿をしげしげと見て、変身の成果を点検した。陽気な顔は変わっていないが、それをのぞけばジョナサン・ミルズの面影はほとんどなかった。もじゃもじゃのブロンド・ヘアは消え、青い瞳と約五センチ分の身長も姿を消していた。

ジョナサンは、ダリエンが数々の武勇伝にいろどられた長いキャリアで使ってきたそれ以外の数多くの変名と同じ運命をたどっていた。かつらとコンタクトレンズは、特製の厚底靴とともに、足もとのゴミ袋のなかだった。しかし、もっと重要だったのは、それらに付随していた、のんびりとした自由奔放な人格もまた、ダリエンの作戦行動中の意識の屑籠《くずかご》に消えていたことだった。

それに取って代わったのが、いま鏡のなかから彼を見つめ返している男だった。

ジョナサンの無造作な巻き毛は人目をとらえて離さなかったが、外科手術なみの精確さで頭の左側で分けられた、くすんだ褐色の髪は、注目を引かなかった。すくなくとも、ジョナサンが浴びたのと同じ種類の注目は。そのかわりに、きまじめな髪型と、それと対をなす黒い瞳、地味だが高級な麻のスラックス、襟元を開いたボタンダウン・シャツは、ほかのなにかを物語っていた。成熟した年齢に見合った几帳面《きちょうめん》さ。プロの装《よそお》いだ。

しかし、ただのありふれたプロではない。

ベンチャー資本家だ。

ダリエンは自分の外見を観察して、自分自身の延長ではなく、彼が世間に見せたいと思う人物の投影としての分身を見つめた。彼を見つめ返すハンサムで熟練した男は、それらしく見えた。しかし、惜しい。なにかが欠けていた。はっきりというのはむずかしいが、それでも必要ななにかが。

重々しさだ。

投資する新しいアイディアを探して世界を半周飛んでくるほどの成功をおさめたべ

ンチャー資本経営者は、それらしく見える必要がある。ダリエンは、左側のカウンターに置かれている蓋の開いた箱に目をやり、一本のボトルを選ぶと、その口を開けて、中身を毛のこまかいブラシに振りかけた。つぎにその液体を画家のような精確さで、もみあげとこめかみに塗りこんだ。五回か六回、塗りこんだあと、もう一度、鏡に映る姿を見てみた。

今回、彼はうなずいた。

部分的な白髪は、まさに正しいメッセージをつたえていた。彼の前に立っている男はまだ働き盛りだが、夜遅くまで努力して高い評価を勝ち取った人物だった。ごま塩頭がしめしているように、彼の職業上の成功は、必然だったが、たやすく手に入ったものではなかった。彼は同年代の人間たちのやっかみに耐えながら、彼らがはたせなかった成功をおさめた男だった。

つまり、彼が会う予定の女性と不思議なほどよく似た男だ。

ダリエンは手を握ったり開いたりして、まだ体を駆けめぐっているアドレナリンを発散しようとした。

スパイ小説とは裏腹に、諜報《ちょうほう》活動従事者の人生の大半は退屈なままですぎていく。興奮しやすいスパイとの緊急会合はゲームの一部だが、そうした場面は日常というより例外だ。流血がらみの仕事は、さらにまれだ。優秀なスパイは人の海を気づかれずに泳いでいく。魚がいっぱいいる大海のごく平凡で目立たない魚のように。

そのいっぽうで、死体は逆の効果をあたえる。ダリエンはたしかにそれ相応に暗殺にかかわってきたが、そうした作戦は、それ以外の選択肢が本当にない場合のみ、綿密に計画され、実行された。そして、片がつくと、作戦チームは、犠牲者の死体が冷たくなりはじめる前に、いそいで国外につれだされた。

通常は。

しかし、この作戦はちがっていたし、ダリエンの経験上、ちがいはいいことではなかった。彼は以前、こういう話を聞いたことがあった。大胆なパイロットと古参のパイロットはいるが、古参で大胆なパイロットはいない。諜報活動の技術を実践する者たちにとって、これはまちがいなく事実だった。にもかかわらず、彼はここで、べつの高度に危険な作戦の準備をしている。自分がスパイの手首を折って、イスラエルの警察官ふたりを殺し、ミサイルがわずか二十五メートル先に命中するのを見たのと同じ国で。

このどんどん危険度が増していく活動のひとつひとつが、ダリエンの祖国がかつて知ったなかでもっとも危険な敵であるイスラエルの国内で遂行されていた。まず攻撃してからあとで質問するという考えを中心に国家戦略を構築してきた国で。この作戦の最終段階がもたらす危険は、報酬に本当にあたいするのだろうか？

ダリエンは深く息を吸って吐きだし、鏡に映る自分の姿を見つめて、答えを知った。これは人生最大の作戦上のチャンスだ。たとえつぎに起きることが彼の正体を白日のもとにさらし、彼が二度とイラン国外に出られなくなったとしても、その価値はある。ダリエンは一撃でイスラエルを屈服させ、同時にアメリカがあまりにも長く享受《きょうじゅ》してきた技術的な無敵さを奪うことだろう。そもそも彼がイラン情報省に入ったのはそのためだったのだ。この作戦が成功すれば、ダリエンは英雄として帰国することになる。

彼が必要なことを進んでやればだが。

そして、それが問題だった。自分にはすべてを危険にさらす気持ちがあるだろうか？

物心がついて以来、ダリエンの父が彼にいってきたように、それが彼の作りだされた目的だった。彼が母親のアメリカ人の顔と言語と、父親のペルシャ人の魂と勇気を持つことを許された理由だった。この類のない組み合わせは、彼がいつの日か彼の同国人が恐れて足を踏み入れない場所で活動することを可能にする天賦《てんぷ》の適性だった。

イスラエルで。

しかも、それだけではなく、ダリエンは四十年以上前、イラン・イスラム共和国が建国されて以来、政治家や宗教指導者たちが約束してきたことを完全に遂行する手段を持っていた。この瞬間まで、イスラエルを海に追い落とすという彼らの約束は、空手形以外のなにものでもなかった。

もはや、そうではない。

ダリエンには、物いわぬ唇がつぶやいた脅迫を実現するチャンスがあった。アラブ人とペルシャ人が等しく失敗したところで、ナチがつまずいたところで、ダリエンは第二次世界大戦終結時に中東に押しつけられた歴史的不正を正すことができた。もし彼が成功したら、〈コッズの日〉の休日はついに、彼の同国人が住むただの嘘《うそ》の世界ではなく、真によろこびの日となるだろう。ダリエンは国民の涙を笑いに変え、アメリカとそのいいなりになっている国々の影響力をことごとく阻止する新たな同盟をみちびく人間となるのだ。

最後の審判の日がついにきた。

ダリエンは自分の考えにうなずくと、メイク道具の入ったバッグを閉じた。

準備はできた。

# 18

ジャック・ライアンは、〈ヒルトン・テルアヴィヴ〉のロビーに足を踏み入れると、その光景に感銘を受けて思わず立ち止まった。国内の近距離路線を定期的に利用するビジネス客の大半が獲得するマイル数より多くの時間を国際線に乗ってすごしてきたジャックは、外国の地元ホテルや豪華ホテルをそれ相応に見てきた。その結果、旅行客の行く先を避けて、地元住民のように暮らすことをかなり昔に学んでいた。ホテルにはめったに滞在せず、そうするときには、欧米人を客層としていないところをわざと選んだ。

〈ヒルトン〉はこの信条の対極だった。一九六五年に開業したこのホテルは、なによりも外国の旅行客を念頭に置いて建設されていた。ヒルトン・ビーチにほど近く、シャトルバスがベン・グリオン空港とのあいだを行き来し、スタッフは完璧な英語を話すうえに、毎日イスラエルの驚くほどさまざまな人気スポットへのツアーが用意され、西洋料理と地中海料理を両方供するレストランをそなえたホテルは、ちょっとした援助をありがたく思う旅行客にとって、いたれりつくせりの場所として評判だった。

　いいかえれば、アメリカ人の母親と特別なケアを必要とするその息子にとって、申し分のない場所だ。

　ホテルの赫々《かっかく》たる評判と、ヒルトン・ビーチに面した一等地からながめる地中海の景色にもかかわらず、ジャックがテルアヴィヴに来る目的は、ホテルを訪れるのと、二キロ南にあるなじみの〈マクドナルド〉に足を運ぶのとが、ほぼ半々だった。だからといってジャックが食通気取りの俗物かなにかだというわけではない。ただ、彼は郷に入っては郷にしたがうべきだと考えていた。というわけで、彼はロビーに足を踏み入れた瞬間、ホテルがいやになるだろうと確信していた。

　それはまちがいだった。

　ロビーは壮観だった。空間全体が、奥の壁を構成する床から天井までの窓を通して景色を見せるように設計されていた。青い地中海がガラスごしにいざなうように輝き、またもやジャックは温かい水のなかに座ってぷかぷか浮きながら、脚のあいだにサーフボードを感じていたいと切実に思った。

　お決まりのチェックイン・カウンターが彼の左にそびえ、コンシェルジュのデスクが右にあった。しかし、〈ヒルトン〉ホテルのロビーは、大半の高級ホテルが発する豪華で場ちがいな感じとはちがって、手招きする海の魅力をそこなおうとするようなことはなにひとつしなかった。ジャックは建築学にそれほど興味がなかったが、そんな彼でさえ、この空間がなにか不思議なものであるとわかった。まるでホテルの建設者たちが、テルアヴィヴの本当の宝石はホテルの鉄のドアのすぐ外にあるとつたえようとしていたかのように。したがって、ホテル内ですごす時間は、心地よいと同時に短くあるべきだ。

　ジャックには共感できた。

　夢想から我に返ったジャックは、チェックイン・カウンターの受付係とコンシェルジュのデスクを見て、選択肢を秤《はかり》にかけた。タルを追いかけて病院へ行こうとしたあと、彼女の相棒はジャックに、彼の付き添いはもとめられていないとはっきり教えた。シン・ベトのいけ好かない野郎と真っ向から対立するかわりに、ジャックはひとりでトミーとその母親を探すことにした。

　彼は直感でホテルに来ていた。獲物の思考に入りこむことは、あらゆる優秀な情報局員が研ぎ澄ましている技能一式だ。ジャックはトミーとその母親がどこに滞在しているか知らなかったが、通常、それは問題にならなかった。〈ザ・キャンパス〉の非凡なハッカーであるギャヴィン・バイアリーに電話を一本入れれば、ジャックは数分で謎の女性のすべてを知ることになるだろう。そこから彼女と息子が滞在している場所を解明するのはたやすいことだ。

しかし、ジャックは、通常使える〈ザ・キャンパス〉の情報源を利用するのに躊躇《ちゅうちょ》した。タルは、ジャックにたいする自分の評価と、彼がイスラエル国内にいることで集めている注目について、歯に衣《きぬ》着せなかった。携帯電話のデータは漏れているし、まだ形跡は見ていなかったが、ジャックは自分が電子的ないしはそれ以外の手段による監視の対象になっていると考えなければならなかった。

イスラエルのふたつの主要な情報機関、シン・ベトとモサドは、もっとお手柔らかで紳士的な西側の機関とちがって、イスラエルの市民を殺傷することを意図した攻撃を日常的に阻止していた。イスラエルの政治家が諸外国に何度も辛抱強く説明しているように、イスラエルは敵に囲まれた国家だ。世界唯一のユダヤ国家では、脅威は抽象的なものでも、何千キロも離れた国家から発射されるものでもない。

そうではなくイスラエルでは、テロ細胞は、標的とするユダヤ人たちから文字どおり石を投げればとどく距離にあるヨルダン川西岸地区あるいはガザ地区の飛び地から爆弾攻撃を組織し、計画し、実行しようとする。そのため、イスラエル国家とその国民を守る責任を負う情報機関は、欧米の同種機関に共通するお上品な態度には拘泥《こうでい》しない。モサドとシン・ベトは真剣に勝負する。

そのため、ジャックは自分の正体が完全に暴露されているという前提で行動していた。それはまた、自分と外の世界とのあらゆる通信がひとつ残らず傍受されているということも意味する。彼にはシン・ベトにギャヴィンとの通話を盗聴させて、タルの疑念をこれ以上、裏づけるつもりも否定するつもりもなかった。

これからジャックがイスラエルの地ですごすあいだ、〈ザ・キャンパス〉は存在しない。しかし、ジャックはけっして無力ではなかった。彼は業界一の人間たちから訓練を受け、伝説的人物たちと肩をならべて勤務してきた。

その訓練と経験を役立たせるときだ。

もう一瞬、考えてから、ジャックはコンシエルジュのデスクへ向かった。デスクの向こうにいる男は背が高く瘦せていて、マラソン・ランナーの体格をしていた。それでも、彼のスーツは、名門ホテルのさらなる印として、彼の体格にぴったり合っていた。彼はジャックが近づいてくると、にこやかに笑いかけて、完璧な英語で、「なにかご用でしょうか?」とたずねた。

「お願いがありまして」とジャックはいって、ポケットに手をつっこんだ。「ところで、みごとな英語だ。アメリカ育ちですか？」

「いいえ」とコンシェルジュはいって、また微笑《ほほえ》んだ。「母が英語の教師をしていまして。家で教えていたので、姉とわたしはその熱心な教え子だったというわけです。ときには反抗もしましたが」

「そのつらさはわかりますよ」ジャックは笑いながらいった。「うちの父は歴史の教授でしてね。ほとんどの家が夕食の席でスポーツの話をするのに、うちはアレクサンダー大王について議論していた。それはともかく、お力を拝借できればありがたいのですが」

ジャックはポケットから〈キャプテン・アメリカ〉のフィギュアを取りだすと、コンシェルジュのデスクの上に置いた。「数時間前、市場でお母さんとその子供にちょっと会いましてね。彼女はアメリカ人で、栗色の髪をしている。身長百六十五センチぐらい、ほっそりとした体型で、たぶん三十代でしょう。息子さんは七歳か八歳だと思います。野球帽をかぶって、ショートパンツをはいていました。その子がこれを落としたんです。わたしはこれを返してあげたいと思いましてね」

ジャックが話すうちに、男の笑顔がしだいに消え、唇が固く引き結ばれた。

「すみませんが」とコンシェルジュはいった。「警備上の理由から、お客さまの話はできません。ご理解いただけると思いますが」

「完璧に理解できますし、はっきり申し上げなかったことをお詫《わ》びします」とジャックはいった。「その子には特別な支援が必要なんです。たぶん自閉症でしょう。子供のころ、わたしにも同じ症状の友だちがいました。この玩具《おもちゃ》は安物に見えますが、わたしの経験上、あの少年はこれをかけがえのないものと考えていると思います。わたしは個人情報を教えてくれといっているわけではない。それどころか、なにひとつ要求するつもりはない。お母さんがまだここに滞在しているのなら、このフィギュアを返してもらいたいだけです。あなたの手をわずらわせることについては、よろこんで埋め合わせをしましょう」

ジャックはポケットから二十ドル札を取りだして、アクション・フィギュアの横に置いた。

男はアクション・フィギュアを見つめ、それから結論が出るまでジャックをしばらくのあいだ見つめていた。

「先ほど申し上げたように」と男はいうと、両手を後ろで組んで、フィギュアとジャックの金の両方から一歩離れた。「お客さまの話はできません。ですが、ひとりの女性と子供がたったいま、ビーチへ向かったことはお話しできます。いそげばたぶん追いつけるでしょう」

「ありがとう《トダ》」ジャックは紙幣とアクション・フィギュアを両方つかんでいった。

「感謝します」

「感謝されることなどなにもありませんよ」

ジャックは感謝の印にうなずくと、ロビーの奥にあるドアへ向かった。またしても、ディングは正しかった。人間同士の小さな交流は、いつだってテクノロジーにまさるのだ。

# 19

ジャックはロビーからビーチに出て、またしてもタルの最後通告に忠実にしたがうという自分の決断を後悔した。潮と焼ける肉とかすかな魚の匂いのする暖かいそよ風がジャックの顔を叩き、わずか百メートル先では打ち寄せる波が白い砂を洗っている。ジャックは二車線の自転車兼ランニング・コースを横断し、一方向に進むジョギング中のペアと、逆方向に進む、ローラースケート以外はほとんどなにも身につけていないブルネットをかわした。

時差ぼけによる眠気の蠱《こ》惑《わく》的な抱擁に屈するかわりに、ジャックはイスラエルに到着して最初の朝に、この同じジョギング・コースを見つけていた。彼はそれをヤッファから海ぞいにずっと北のテルアヴィヴ・マリーナまでたどってみた。このコースはまさに工学技術の偉業であり、ナイトクラブやレストラン、バレーボール・コート、カフェ、高級ブティックなどが点在する広い公開ビーチを通り抜けていた。数キロごとに、鉄でできた常設の運動器具が砂にそびえている。器具には腐食性の塩水に耐えられるようにペンキが分厚く塗られていた。

　しかし、今回、ジャックの注意を引いたのは、日光浴をする美人でも、コースをそぞろ歩く歩行者でも、ささやく海でもなかった。それは彼の右側でくるぶしまでの深さの寄せ波のなかに立つ母親と子供の姿だった。

　ふたりを見つけた。

　ジャックは呼びかけようかと思ったが、やめた。さまざまな外国語が半分まじった何十という会話と吹きつける風の影響で、彼の言葉が目標にたどりつく可能性は低かったからだ。それに、もし声を聞いても、母親がどう反応するかわからない。

彼女が最後に見たとき、ジャックはアジア系の暗殺者との命がけの格闘のさなかだった。あのときは彼女を守っていたが、いま自分の姿を見たら、ちょっとショックかもしれない。いや、ジャックは近づいていって、玩具を渡し、彼女に別れを告げるつもりだった。

　それからベン・グリオン空港に戻って、どこかよそへ行く便に乗る。

　ジャックはしばし心を遊ばせて、よそへ行く便が自分をどこへつれていってくれるのだろうかと考えた。ここ数年間の休みない作戦《オプ》テンポのせいで、自分には人並み以上の休暇期間があることはまちがいないし、サーフボードの上でしばらくすごすという思いつきは心をとらえて放さなかった。西へ飛ぶかわりに、南か東南を目ざすのはどうだろう？　自分はすでに世界を半周している。もしかしたら、とうとうあの南アフリカかオーストラリア、あるいはニュージーランドへ旅するときが来たのかもしれない。

ジャックは立ち止まると、目を閉じて太陽に顔を向け、潮風を吸いこんだ。彼の父はいま武器を携行する男女にかこまれ、世界一高級なオフィスで働いているが、ジャック・ライアン・シニアが気づかれずに街を歩けたときもあった。注目を集める国政の世界に入るずっと前、ＣＩＡの分析員としてやっている仕事が選ばれた数名にしか知られていなかったころの話だ。当時、ライアン・ジュニアは父といっしょにアパラチア山道の一部をハイキングしたのをおぼえていた。

彼らが選んだ部分は、ジョージア州ダロネガの山地を抜ける曲がりくねった山道だった。アメリカ陸軍の伝説的レインジャー学校が生徒たちに登山の極意を教える場所からそう遠くない。ハイキングの三日目、父と子は、眼下の峡谷を一望できる林冠の切れ間に来た。

ジャックは当時、もうすぐ十五歳で、先頭を歩いていた。彼は先に木立の切れ間にたどりつき、息を呑むような絶景を父に指しめしてから、急な斜面を登りつづけた。バックパックの肩紐《かたひも》が、まだ成長をつづける肩に食いこみ、彼は重荷に夢中で前かがみになっていたので、もう五十メートル進むまで父がついてきていないことに気づかなかった。道を引き返したジャックは、ライアン・シニアがじっとたたずみ、まだ景色をじっと見つめているのを発見した。なにか不思議なことが起きているのを感じたジャックは、無言で父に合流した。

しばらくして、シニアはたくましい腕をジュニアに回した。

「歳をとるにつれて、神の創造物の荘厳《そうごん》さがわかるようになってきたよ」シニアは景色に心を奪われたままでいった。「誤解しないでもらいたいんだが、わたしはいつだって屋外に出るのを楽しみにしてきた。しかし、こうした場所には、人の心に響くなにかがある。わたしたちは驚きを経験するために創造されたんだよ、ジャック。だが、それを見つけるには、進んで探す必要があるんだ」

十五歳のジャックには、父がなにをつたえようとしているのかほとんど見当がつかなかった。しかし、三十歳になるころには、わかりはじめた。妻であれ、家族であれ、海の抱擁のなかでぷかぷか浮いてすごす一日であれ、人生にはドアを蹴飛ばして悪党どもを追いかけることより重要なものがあるはずだ。昔、父が山腹で彼に教えようとしたように、どんな仕事も、それがいかに崇高なものであれ、それでもやはり目的を達成するための手段にすぎないのだ。ジャックは自分が、あまりにも長い時間、手段に集中してきたと考えはじめていた。目的を見失うほどに。

こういう生きかたは変える必要がある。

ジャックは目を開いて、笑顔で世界を迎えた。その笑顔はコンマ数秒しかつづかなかった。ジャックは仕事と私生活の折り合いをつける方向に一歩踏みだしたかもしれなかったが、その秤は釣り合いが取れているとはけっしていえなかった。五十メートル先では、母親と子供が波打ち際で水を跳ね上げている。しかし、ジャックがたったいま思いだした、のどかな光景とちがって、あの少年にはまったくちがった記憶ができそうだった。群れから獲物を選びだす狼《おおかみ》のようにふたりに向かって進んでいくのは、あのアジア系の男だった。

しかも、今回、男は銃を持っていた。

# 20

隠し持った拳銃を見つけるのは、拳銃を携行するのと同様、一種の芸術だ。テルアヴィヴのビーチによく来る大半の人々の目には、アジア男の意図はそう簡単に推測できなかった。しかし、ジャックは大半の人々ではなかった。たしかに、暗殺者は、日光浴をするほとんどの人間のようなおだやかな笑みを浮かべることなく、母と子に近づいていたが、しかめっ面《つら》をするのはまちがいなく犯罪ではない。

それに、男の服装もあった。海水浴客の大多数は水着かスポーツウェア姿だったのに、男が着ているものはあきらかにお祭り気分とはいえなかった。男の半袖のボタンダウン・シャツとカーゴパンツ、ハイキングブーツはどう考えても、ビーチより遊歩道がお似合いに見えた。

しかしまた、これはかならずしも危険信号とはいえなかった。海から吹く風は、無数のとぐろを巻く渦に分かれ、砂にそってならぶライフガードの監視台や商店、避難所の列を吹き抜けている。遊歩道をそぞろ歩く人間はよく、いたずらな風が手から奪っていった紙切れやナプキンを追いかけて、砂とコンクリートのあいだの中間地帯を横切ってきた。

しかし、もうひとつ、アジア人をほかの全員から際立たせるもっと重要な特徴があった。男の歩きかただ。もっと具体的にいうと、男が丸めたウィンドブレーカーを左手に持って歩いている様子だ。自然な歩調に合わせて服を振り子のように前後に揺らすのではなく、ジャケットとそれを持つ手は、左の腿《もも》にそって同じ場所で静止している。

ジャケットに銃が隠してあるからだ。

八時間に満たないあいだで二度目になるが、ジャックの指は通常携行しているグロック43の心地よいグリップを懐《なつ》かしんだ。これは〈ザ・キャンパス〉が認めた作戦ではないので、彼は銃を隠し持たずにイスラエルに入国していた。奇妙なことに、アジア男はイスラエルの厳格な銃規制法を気にしていないようだった。

信じられない。

ジャックは二度とふたたび拳銃なしで家を出ないと誓うと同時に、すでにさまざまなシナリオを頭のなかで検討していた。公共の場所での殺しは、熟練した暗殺者ではなく、自爆テロ犯の手口だ。五十人の目撃者の前でべつの人間を殺そうとするのは、信じられないほどの馬鹿か、あるいはひどく切羽詰まった人間だけだ。

ジャックにはアジア男の考えかたを論じることはできなかったが、前回の取っ組み合いの経験から、暗殺者が軽く見ていい脅威ではないことはわかっていた。ジャックはナイフ男を母親に近づかせなかったものの、格闘は互角とはほど遠かった。浅い傷しか負わなかったのは、ジャックの技量というより、暗殺者が不意打ちを食らったせいだと考えられる。争いは長引くにつれ、いっそう一方的になっていった。もしシン・ベトの局員たちがあのとき介入していなかったら、ジャックの傷はもっと深くなっていただろう。

たぶん致命的にさえ。

暗殺者はただの暴漢ではなく、拳銃を〝撃ちまくって命中を祈る〟メンタリティで使ったりはしない。やつは狙いすましている。精確に。しかも、シン・ベトの局員が登場すると見物人の群れにふたたびとけこんだところからして、たぶん犠牲者を死後の世界に道づれにする自爆テロ犯風の望みも持っていない。

つまり、もし男が真っ昼間に母親を始末するつもりなら、やはり殺害の手段には精確さがもとめられるだろう。拳銃はコンパクトで、もしかするとなにかほかのものに偽装されているかもしれないし、まちがいなく消音装置がついている。そのためには、小口径の弾丸と亜音速の装薬が必要になる。しかし、この隠密《おんみつ》性には代償がともなった——拳銃の射距離だ。暗殺者は致命傷をあたえるために、ほとんど銃を押しつけて発砲するぐらいの距離まで近づく必要がある。暗殺者とそのターゲットとはまだゆうに三十メートルは離れているので、ジャックには時間があった。

しかし、そう多くはない。

ジャックは、フライングタックルで男に足止めを食らわせて、それから殴り合うことに大いに乗り気だったが、今回は自分を洞窟に住む先祖と分ける体の部分を使うことにした。大脳皮質を。アジア人暗殺者はすでに熟練した戦闘員であることを実証している。ジャックがいちばんやりたくないのは、男と素手で戦うことだった。

いまはタフではなく、賢くなるときだ。

しかし、イスラエルの混みあうビーチは、武器にかんするかぎり、あまり多くを提供してくれなかった。自分がいる場所を考えたジャックは、ふりむいて、群衆を見まわした。ここではテロは生活の一部だ。ときには毎日でも発生する。そう考えると、暗殺者がビーチで唯一の武器を持つ人間ではないと推測しても不都合はない。もしかしたらジャックは正義の味方をひとりかふたり、召集できるかもしれない。

しかし、遊歩道をすばやく見わたすと、そんな考えは休むに似たりだとわかった。警備関係者の姿はまったく見あたらなかった。だからといって私服の警備当局者がひそかに武器を携行していないということにはならないが、隠し持った武器はジャックの役に立たなかった。誰が武器を持っているかジャックがつきとめたときには、トミーは母親を失っているだろう。いや、殺人を阻止するのは、依然としてジャックの責任だった。

しかし、どうやって？

ジャックの持ち時間は尽きつつあった。アジア男はいまや二十メートルも離れていない。行動に出る必要がある。ジャックは最後にビーチを見わたして、救いを見いだした。

それは宿命のように思えた。

彼の右側には、あざやかな色彩のサーフボードの一群が、サイケデリックな芝生の飾りのように、木造の掘っ立て小屋の横に積み重ねられていた。短いボードでもジャックが考えていることにはかなり長すぎたが、黒っぽい色合いのスキムボードが山の下からつき出していた。ラミネート加工した長い板切れをつかむと、ジャックはアジア男に向かって駆けだした。

叫び声がして、ジャックは自分の窃盗行為が気づかれずにすんだわけではないことを知ったが、憤慨した持ち主はあとで対応できるだろうと思った。

あとがあればの話だが。

ジャックはいまや、アジア男のすぐ左後ろにいた。男は不運な親子に向かって忍び寄りつづけている。ジャックは膝を屈伸させ、前かがみになって全力疾走の体勢を取ると、高校時代のラインバッカーの日々を思いだした。彼は暗殺者のことをこれから倒そうとしている無警戒なワイドレシーバーと想像した。

それから、彼は顔から先に砂に突っ伏した。

自分を倒れこませた一対の筋肉質の腕から身をふりほどくと、ジャックは上半身裸の暴漢と面と向かっていた。どうやらサーフボードのレンタル・ショップの持ち主は、窃盗を積極的に思いとどまらせるのが正しいことだと信じているようだ。若造は二十歳ぐらいで、赤銅色《しゃくどういろ》の肌に、両目にかかるくしゃくしゃの茶色い髪をしている。

そして、腹を立てていた。

それもひどく。

ジャックにはその気持ちが分かったが、説明している暇はなかった。

大きくはずれたクロスをかいくぐって、ジャックは若造の喉に一撃を食らわせ、親指と人差し指のあいだの皮膜を使って打撃をやわらげた。打撃にはあまり重きを置かず、けがをさせるよりも、衝撃と畏怖をねらった。もし若造の仰天した表情がなにかの目安になるとしたら、ジャックはその目的を達成したようだった。

若造が咳《せ》きこんで喉をつかむと、怒りに満ちたヘブライ語の連発がやんだ。

「すまない」とジャックはいって、立ち上がった。「こうするしかなかったんだ。きっと戻ってくるからね」

ジャックは砂まみれのスキムボードを拾い上げると、自分のターゲットのほうをふりかえった。彼の胃が締めつけられた。アジア男はいまや、母親から三メートルも離れていない。かんたんに命中させられる。男の存在は、トミーのレーダー上でなにかをぴーんと鳴らしたようだ。少年は足の周囲で渦巻く寄せ波を見ていた場所から、無気味に迫る暗殺者のほうを見た。その目が、男の存在に大きく見開かれた。

殺し屋のほうは、子供を完全に無視して、ひざまずく母親の頭のほうへ左腕を伸ばした。

たったいま、この場所で、惨劇が起きようとしている。

そして、ジャックはまだ遠すぎて、それを止められない。

ジャックは片手の指を唇に当てると、死者もびっくりして起きるような、かん高い牧童の口笛を吹いた。それから、アジア男がちゃんとメッセージを受け取るように、声をかぎりに叫んだ。「おい！」

優秀であるよりツイているほうがいいというのは、ディングの有名な言葉だ。以前にはその気持ちがジャックにはよく理解できなかったが、いまわかった。ビーチにいるほかのほぼ全員と同様、アジア男はとっさにジャックのほうに顔を向けた。そのおかげで、男はジャックが投げ槍《やり》のように放ったスキムボードを両目のあいだに食らった。

じつのところジャックの心の一部は、立ち止まって自分の投擲《とうてき》の非の打ちどころのない完璧さに驚きたいと思った。ボードを千回投げても、たぶん同じ結果は得られなかったことだろう。長い板切れはまるで大投手ノーラン・ライアンの有名な豪速球のように軌道上で完璧な弧を描きながら飛翔《ひしょう》した。五メートル以上離れていても、ジャックには暗殺者の鼻がぐしゃりという満足のいく音をたてて砕けるのがわかった。

完璧なトリックショットに見惚《みと》れるときがあるとしたら、それはいまだ。

あいにく、いまの栄光に満足している余裕はジャックにはなかった。それどころか、彼はスキムボードの飛行経路をたどることに全力を挙げていた。百八十センチの体《たい》躯《く》が、暴走貨物列車のように、放心状態の暗殺者につっこんだ。ジャックはコンマ何秒間か、べつの金言に、今度はディングではなく父さんの金言に――〝馬鹿になるなら、タフなほうがいい〟――思いをめぐらせてから、肘から先に暗殺者に体当たりを食らわせた。

強烈な衝撃が前腕の端から端へと走り、縫合した傷口が開くのを感じた。指までびりびりと痛む。ジャックは物理専攻ではなかったが、骨と骨との衝突が発生するエネルギー量は、アジア男を決定的に倒したはずだった。

しかし、そうではなかった。

顔から血をしたたらせ、自分の涙で目が見えなくなっても、男はジャックの壊滅的な攻撃をなんとか感じ取っていた。男は最後の一秒で体を回転させて、衝撃を、かすめた一撃に変えていた。ジャックは相手の胸骨をぽっきり折るかわりに、暗殺者を波打ち際に向かってころがしていた。ジャックはバランスを取り戻すと、相手のみぞおちを踏みつぶして粉砕してやろうと、相手のほうに向き直った。

暗殺者にはべつの考えがあった。

片手が水のなかから出た。

拳銃を握った手が。

ジャックは拳銃が火を噴くと同時に右に身を投げだし、銃弾が彼の顔をかすめた。ジャックはスキムボードの横に落ち、その長い板切れをつかむと、暗殺者のつぶれた鼻めがけてつき出した。男は突きをはらいのけ、拳銃がふたたび咳きこむような音をたてた。銃弾はボードをつらぬき、ジャックの頬に木片を飛び散らせた。ジャックには拳銃を使いものにならなくする必要があった。

いますぐ。

ジャックはラッカー塗装した板切れの上からのしかかって、アジア男をスキムボードと騒ぐ波のあいだでサンドウィッチにした。銃弾がはじけて木片のシャワーを浴びせる。ジャックはボードのつるつるした表面の上で体を回し、自分の体が暗殺者の体にたいして直角になるようにした。男の脇腹に膝を叩きこみ、銃を持つ手を両手でつかんで、砂に叩きつける。暗殺者は彼の下で身をよじったが、ジャックの体重のせいで、銃を持っていないほうの手は自由にならなかった。

はじめてジャックは暗殺者より優勢になりつつあった。やわらかい砂のせいでジャックは男の手首を強く打ちつけて拳銃を放させることができなかったが、海はジャックの有利に働きつつあった。押し寄せる砕け波がジャックの上半身を泡だらけにして、目にちくちくする塩を浴びせたが、泡立つ波は暗殺者をはるかにひどい目に遭わせていた。大波が浜で砕けるたびに、アジア男の顔は完全に水面下に沈んだ。

息ができなければ、格闘に集中するのはむずかしい。

ジャックはふたたび体重を移動させ、暗殺者の前腕に腕がらみをかけた。拳銃が使えなくなると、ジャックは両肩を上方にひねりながら、崩れ袈裟《けさ》固めで暗殺者を砂に釘づけにした。柔術の大会で審判に好印象をあたえるような形の技とはいえないが、ジャックはまだ生きていて、戦いを支配していた。

それでじゅうぶんなはずだ。

しかし、銃を持つ暗殺者は格闘について少々心得があった。男は二度、ブリッジで腰を浮かせて、ジャックをどけようとしながら、腕を自分の胸のほうへ折り曲げて、腕がらみの梃子《てこ》の作用を無効にした。アジア男はジャックよりすくなくとも九キロは軽かったが、体操選手の体幹を持っていた。男は悍馬《かんば》のように跳ね、もしふたりがマットの上か固い地面の上にいたら、男の脱出はうまくいっていたかもしれない。

しかし、きょうはだめだ。

濡れた砂は暗殺者が発揮しようとしているエネルギーを吸収し、ジャックはいっそう圧力を強めて、すべりやすいスキムボードに胸をたたきつけた。やっとジャックのより大きな体格と力が役に立ちはじめていた。スキムボードはジャックの体重を男の上半身全体に分散させ、暗殺者の肩を地面にぴたりと押しつけるいっぽうで、ボードのへりは男の胸骨に食いこんでいた。

　拳銃がまた火を噴いた。押し殺された銃口衝風はジャックの耳をキーンといわせるほど近かった。しかし、顔を焦《こ》がす熱い発射ガスのカクテルも、ジャックを動揺させなかった。闘犬のように、銃を持つ男の腕を執拗《しつよう》に責め立て、固め技の圧を強めて、男の肘と前腕を動けなくしつづけた。

　アジア男は驚くほど力が強く、ジャックは暗殺者の腕を自分の胸から引きはがす努力でうめき声を上げた。スキムボードの上で位置を変えると、銃を持つ男の頭目がけて膝をつき出す。暗殺者は銃を持っていないほうの腕でじゃまをして、打撃の一部をそらしたが、ジャックの分厚い膝頭はそれでも暗殺者のこめかみに命中して、頭を揺さぶった。

　ほんの一瞬、銃を持つ男の腕の力がゆるんだ。

　ジャックは飛びついた。

　ジャックは両肩をひねり、僧帽筋、広背筋、そして体幹を総動員して、男の腕を空に向かってねじ上げ、その努力でうめいた。すると、バキッという音を聞くと同時に感じて、暗殺者の手首が折れた。

「これでわたしの勝ちだ、このくそ野郎め」ジャックは拳銃がかたわらの波打ち際に落ちるといった。

それは本当だった。もしチェーンソーのような音が彼の後ろから聞こえてこなければ。ジャックはふりむいて凍りつき、自分が見ているものを理解しようとした。最初は黒しか見えなかった。

それからジャックはその黒いものが実際にはボートであることに気づいた。正確な名称は〈硬式ゴムボート〉で、より一般的な名称であるゾディアックでも知られている。しかし、ジャックには船艇の命名習慣のあやについて思いをめぐらせる時間はなかった。なぜなら、それが波の上でジャンプしながらまっすぐ自分に向かってくるからだ。

つぎの瞬間、ゾディアックの硬いゴムの船体が彼の胸に激突した。

ジャックがくるくると車輪のように回転しながら宙を舞うと、空が海を追いかけた。彼は背中から激しく地面に落下した。咳きこみながら横にころがって、震える膝で立つと、ちょうどそのとき、回転数を上げる船外機のかん高い悲鳴とともに、押し寄せる第二の塩水がジャックの顔にもろにぶつかった。ひりひりする液体を目からぬぐうと、ジャックはゾディアックがうねりからうねりへと飛び跳ねながら、猛スピードで引き返していくのを見守った。

たったいまなにが起きたのかはわからなかったが、暗殺者がついさっきまで横たわっていた水面の部分には、いまや誰もいない。よい点があるとしたら、それはさしあたり誰も彼を殺そうとしていないことだ。

たいした勝利とはいえないが、ジャックはそれを受け入れるつもりだった。

「あなたは何者なの？」

ジャックが声のするほうを見ると、トミーの母親が目の前に立っていた。その腕は少年を包みこんでいる。

「ちょうど同じ質問をしようとしていたところですよ」とジャックはいった。

# 21

ダリエンは携帯電話の振動を感じてこれほどありがたく思ったことはなかった。

「ほんとうにすみません」ダリエンは、もうしわけなさそうな笑みを浮かべていった。「こいつを取らなきゃならないんです」

「どうぞ《ウイ》、どうぞ《ウイ》」と彼の相手はいって、身ぶりでダリエンに行くようつたえた。「たぶん、あとでまたお話ができますね？」

「楽しみにしていますよ」とダリエンはいって、ポケットから携帯電話を取りだした。「じゃあまた《チャオ》」

いやらしいフランス人は、列にならんでカクテルを待つダリエンを塩漬けにして、それから三十分間、蛭《ひる》のように取りついていた。ダリエンは、ベンチャー資本家の隠れ蓑《みの》で、自分がつぎの生活を変えるほどの発見をしたと確信する尊大な科学者たちのおしゃべりに耳をかたむけるのに慣れていた。

それどころか、ダリエンは少々の傲慢《ごうまん》さを歓迎していた。なんといっても彼はスパイだし、スパイは他人の虚勢につけこんで生計を立てている。とはいえ、あのフランス人研究者は別格だった。ダリエンがフランス人の獲得競争でほかのファンドに負けたら出資者たちがどんなに失望するかについて三度もご高説を聞かされたおかげで、ダリエンは、どんな結果を招こうがくそ食らえ、いまにも男の首を折りそうになっていた。

　さいわい、彼の携帯電話が喉から手が出るほどほしかった中断を提供してくれた。

「もしもし」ダリエンは、もっと静かに話ができるスペースを探してボールルームから出ながら、笑みを浮かべていった。テルアヴィヴは学会に出席するアメリカ人科学者にとってかなり遠いが、イスラエルの主催者たちは、彼らの旅行を価値あるものにするための出費を惜しんでいなかった。〈ヒルトン・テルアヴィヴ〉はまちがいなくすばらしいパーティを催す方法を知っていた。

「問題が生じた」

　その言葉は、複数の理由でダリエンの背筋をぞくっとさせた。相手の声の響きは、ふたりがウィーンですごした週末の記憶をよみがえらせた。ホテルの室内とおたがい以外はほとんどなにも見ていなかった、あの週末の記憶を。しかし、このすばらしい気分は、声が発した言葉の奥にある意味と相容れなかった。

「説明を」とダリエンはいった。

電話の相手はダリエンと同様、いくつもの言語を流暢に使えたが、会話は英語でかわされた。これは便利だからではなかった。イスラエル国防軍の悪名高い八二〇〇部隊で働く多数の信号傍受員の目が、いつでも見張っているからだ。アメリカの国家安全保障局と同様の八二〇〇部隊は、ＳＩＧＩＮＴつまり信号情報をかき集めるのが専門だ。

そして、同組織の能力は恐るべきものだったが、働いている男女は人間にすぎなかった。つまり、彼らは人間の限りある能力に祟《たた》られているということだ。情報は彼らにかわって働く多数の適合アルゴリズムによって分析のための優先順位をつけられるが、大量の情報を処理する人間の能力には限界がある。このことを考慮して、英語のやりとりを傍受するのは、脅威となる言語の会話をふくんだ電子的断片よりも優先順位が低かった。

ダリエンはイスラエル人の全能に思える情報収集能力からは完全には隠れられないと知っていた。しかし、たぶん分析員がもっと見こみがあるように思えるほかの手がかりを追っているあいだに、二次データの山に逃げこめるだろう。カメレオンと同じように、ダリエンは透明人間を目ざしているわけではなかった。ただ、ほかの獲物候補より少しでも魅力的に見えなくしたいだけだ。

「われわれは唯一の当事者ではない」

ダリエンは電話の相手の言葉に対処しながら、またいつわりの笑みを顔に浮かべた。インドからの科学者ふたりが彼の視線をとらえようとしていた。このふたりの女性にはフランス男のようなけんか腰のところはなかったが、やはり容易には引き下がりそうになかった。

ダリエンは携帯電話を指さして、研究者たちに背を向けた。

「べつの声がかかった？」ダリエンはロビーにつづくホールとトイレとのあいだでやっと静かな一角を見つけていった。これは彼がもっとも恐れていた事態だった。彼はターゲットを口説いてイスラエルに来させるのに成功していたが、これほど大物の魚はまちがいなくほかの漁師を引きつけることを知っていた。

「いや。新たな当事者はわれわれのプレーヤーを完全にゲームからはずすことに熱中しているらしい」

ダリエンは唾を呑みこんで、突然口が渇いたのを隠した。これは予想外だ。彼は、国境のゆるやかな検問がスパイにとってずっとやさしいウィーンか、ほかのＥＵ諸国で学会を開催してもらったほうがよかったが、イスラエルで活動するのにも利点があった。その最大のものは、人は完全に血迷っていないかぎり、イスラエルの国土でなにか暴力的なことをこころみはしないということだ。

あるいは、裏切られたことでしか生じないような怒りに駆られていないかぎり。

「われわれの友人は遭遇を生きのびたか？」

「ええ、でももうパーティに来ることはないでしょう」

ダリエンは電話の相手の言葉をじっくり考え、その悪影響について思いをめぐらせた。優秀な工作担当官のように、彼は不測の事態の準備をしていた。そうはいっても、準備と実行にはちがいがある。彼は考えながら、視線をホテル内に走らせ、フランス人の姿をとらえた。男はいまもなおべつのベンチャー資本の代表者を一方的な会話で捕まえている。

あの科学者が疑いなく自分の画期的発明とやらを誇大に宣伝している尊大な馬鹿者であるのは動かぬ事実だった。しかし、それでもダリエンはあの男が学会を後にするとき、自分の設立間もない研究所にすくなくともふたつの新たな資金源を獲得しているだろうと思った。ダリエンが何度も学んできたように、成功は頭の切れる人間や礼儀正しい人間のところにはやってこない。それは他人がやらないことを進んでやる数少ない非情な人間にあたえられる。

ダリエンのような。

「われわれの客人に私的な招待状を手配するんだ」ダリエンは、フランス人が白旗をかかげた投資家から垂涎《すいぜん》の名刺を手に入れるのを見守りながらいった。「彼女の出席は必須だ」

# 22

「そのアイスクリームの味はどうだい、相棒？」

　少年は以前と同じように、ジャックの質問に言葉で答えなかった。しかし、ぽっちゃりとした左手の親指を立てて見せ、右手で溶けかけたチョコレート・ジェラートの塊をプラスチックの皿の上で回した。

「息子の相手がとてもじょうずね」

　ジャックは肩をすくめて、注意を少年から母親に移した。

「子供のころ、息子さんのような友だちがいましてね」

「息子のようって？」と母親はいった。その口調がより冷ややかなほうへ変わった。

「ねえ、深い意味はありませんよ」とジャックはいって、降参の印に両手を上げた。

「ただ彼があの古い〈キャプテン・アメリカ〉にずいぶん愛着があるのに気づいて、学校でいっしょだった少年のことを思いだしただけです。ただし、彼の場合は一セント銅貨でしたが。どことい って特別なところはなにも見あたらなかったんですが、彼にとっては——」

「——それがすべてだった」と母親はいった。その声はもっと温かくなっている。

「ごめんなさい。とんでもない一日だったので」

「あやまる必要はない。〈キャプテン・アメリカ〉を無事あなたがたにお返しできてじつにうれしいですよ」

スーパーヒーローの名前が出ると、少年は玩具を指で握りしめた。まるでフィギュアが無事戻ってきたことを確かめるかのように。現在、〈キャプテン・アメリカ〉は少年のアイスクリーム皿をガードしていた。トミーはジャックがふたりを再会させて以来、その玩具をかたときも手のとどかないところには置かなかった。

「あなたは何者なの？」と母親はいって、ミネラルウォーターのボトルのキャップを開けた。

暗殺者をつれさったゾディアックが視界からほとんど消える前に、ビーチは正常な状態に戻っていた。海水浴客のうち数名が取っ組み合いを見ていたが、消音された拳銃の音が聞こえるほど近くにいた者は誰もいなかった。

ゴムボートの出現はまちがいなく騒ぎを起こしたが、爆弾が爆発したわけでも、武装したテロリストが群衆に機関銃をぶっ放したわけでもなかった。イスラエルの基準では、この一件は興奮にあたいしなかった。誰かが警察を呼ぼうと騒いだが、母親は力添えの申し出をすべてことわった。

ジャックをのぞけば。

彼は、ビーチに隣接するたくさんの屋外カフェのひとつで息子さんといっしょに休みませんかと提案し、母親は賛成した。ジャックはその理由が自分のアメリカなまりのせいと、一日に二度も命を救ってくれた男がアイスクリームを食べようとさそったらことわったりはしないものだからだと感じた。

いま三人は、日陰のテーブルについて、三十分前には生死をかけた争いの現場だった同じ砂の一画を波が洗うのを見守っていた。日は沈みかけ、地中海をきらきら光る銅色の海に変えると、ビーチにそってならぶカフェやレストラン、バーはやわらかな光で輝いた。

〝超現実的〟とかそういったような言葉では、とうていジャックの気分はいいつくせなかった。

「わたしの名前はジャック。ジャック・ライアン」

「スーパーヒーローの名前みたい」と母親はいった。

ジャックは微笑《ほほえ》んだ。「わたしにはアイルランド人の血が流れているので、基本的には同じことです」

母親はお返しに微笑み、ふたたびジャックはなにげない仕草で彼女の顔がずいぶん変わることに強い印象を受けた。彼女の緑の瞳は自分に向けられているときは魅惑的だったが、それ以外の顔立ちは、感じがいいものの、まったく印象に残らなかった。

彼女が微笑むまでは。

「わたしはベッカ・シュウェイガートで、こちらが息子のトミー。ジャックにご挨拶しなさい、トミー」

またしても少年は聞こえたそぶりをまったく見せなかったが、〈キャプテン・アメリカ〉がトミーのぽっちゃりとした指のなかでちょこんと頭を下げた。

「こちらこそよろしく、トミー」ジャックは笑顔でいった。それからベッカのほうに向き直った。その顔にはもっと真剣な表情が浮かんでいる。「あなたはずいぶんと人気者だな。なぜ誰かが一日に二度もあなたを殺そうとするのか、なにか心当たりは？」

ベッカの笑顔がしかめ面になった。

「なぜ気になるの？」

「黙ってなにかが起きるのを見ているのは、わたしの信条じゃない」とジャックはいって、包帯を巻いた前腕を上げた。「いいですか、あなたはわたしになにか借りがあるわけではない。いってくれれば、立ち去ります。でも、あなたをつけ狙っている男たちは本気だし、おまけに資金も豊富だ。これはいい組み合わせとはいえない」

「あなた、ＦＢＩなの？」

「いや」とジャックはいった。「ただの善きサマリア人です。だが、力になれるかもしれない友人がいくらかいる。あなたが何者で、なぜここにいるのか、わたしに話してみてはどうでしょう？　そうしたら、残りはいっしょに解決しましょう」

　ベッカは少しのあいだ、ジャックを無言で見つめた。緑色の瞳が彼の目を穴が開くほど凝視する。それからゆっくりとうなずいた。

「なぜだかわからないけど、あなたは信用できる気がする」とベッカはいって、椅子にゆったりともたれかかった。「本当のところ、なぜ誰かがわたしを殺そうとするのか見当もつかないのよ。本当にわからないの」

「でも、ＦＢＩには話をしている？」ジャックは先ほどの糸口をたぐりよせていった。

「ええ、わたし――」

「見て、わたしのお気に入りのアメリカン・カウボーイよ」

ジャックはふりむいて、タルとドゥドゥと荒っぽそうな男たちの寄せ集めの姿を見た。

彼らは楽しそうには見えなかった。

# 23

海の空気が車内に流れこみ、潮の香りでジャックをつつんだ。ジャックは座席で体の力を抜いて、目を閉じ、大きく息をついて、どうして事態がこんなに脱線したのかを理解しようとした。

タルが起き上がって歩きまわっている姿を見るのはじつにうれしかったが、ふたりのあいだでなにかがあきらかに変わっていた。彼女はトレードマークのおふざけで切りだしたものの、それは長くはつづかなかった。

より正確にいえば、話し手としてのタルは長くつづかなかった。

ジャックが応じる前に、ドゥドゥがふたりのあいだに割りこんできた。ドゥドゥはきっぱりとジャックに彼のイスラエル滞在時間は終わりだと告げた。彼は自発的にか手伝ってもらって空港へ向かう。ドゥドゥの取り巻き連中をひと目見ただけでジャックにはシン・ベト局員がはったりをかけているのではないことがわかった。

男たちは消火栓のような体格をしていた。

ジャックはこれまでイスラエル出身の誰かと活動する光栄に浴したことはなかったが、想像するに、新参者たちはイスラエルの名高いコマンドー部隊サイェレト・マトカルから出向中だった。アメリカ陸軍のデルタ・フォースにつぐ名声を誇る精鋭部隊だ。男たちは見たところ武器を携行していないが、ジャックは腕っ節に自信のある連中は一目でわかった。

それに、男たちはシャツの裾をパンツにたくしこんでいない。つまりジェリコ拳銃がすぐ抜けるところにあるということだ。

ベッカにはジャックのような戦術的経験はなかったが、捕食動物は一目で見分けがつくようだった。イスラエルの準軍事組織チームからジャックのほうに目を転じると、ひとつだけ質問をした。

「それでどうするの？」

「なんでも彼らのいうとおりに」とジャックは答えた。

そして彼らがいったのは、ゆっくりと席を立って、ハヤルコン通りに停めてある二台の車へ向かうことだった。ジャックはタルとちょっと言葉を交わそうとしたが、ドゥドゥはそうさせないつもりだった。彼はジャックをベッカとトミーとべつべつにしていた。タルは母子といっしょに歩き、チームの残りはジャックを同じ方向へ追い立てていった。

通りにつくと、タルとコマンドー隊員のうちふたりがベッカを先頭の車輛《しゃりょう》に押しこみ、ジャックとドゥドゥと残りのコマンドー隊員は二台目にどやどやと乗りこんだ。タルは乗りこむとき一瞬、動きを止めて、車の屋根ごしにジャックの視線をとらえた。しかし、さびしげな笑みを見せただけで、車内にひっこんだ。

それが五分前の出来事で、ドライブはいままで無言ですぎていた。

たぶん、そろそろその状況を変えるときだ。

「なぜこんなことをしているんだ？」とジャックはたずねた。

「悪いのはきみだからな」とドゥドゥはいった。「正しい道を進むチャンスをやったのに。きみはそれを拒否した」

「あんたの考える正しい道とやらは妙だな」ジャックは身を乗りだしていった。「わたしはアメリカ人の命を救った。二度もだ。過大評価されたシン・ベトやサイェレトにたいして、同じことはいえないんじゃないか」

運転手が座ったまま半分ふりむいたが、ドゥドゥがヘブライ語でまくしたててその動きを止めた。男は異議を唱えようとしていたようだったが、そうしなかった。それでも、男がジャックに見せた目つきは、雄弁に語っていた。

「よかろう」とドゥドゥはいった。「包み隠さず話したいんだな。そうしよう。きみはわたしの国で申告なしに活動しているＣＩＡの工作員だ。たしかにきみはあの女性の命を救った。しかし、殺し屋が彼女をターゲットにするたびに、きみがたまたま近くにいたのは、偶然とはとても思えない。きみか、きみのチームが彼女を餌《えさ》に利用しているのか、あるいはきみがたんに無能なのか、どちらかだ。いずれの選択肢も、ぞっとする」

ジャックはわざわざ答えなかった。ドゥドゥは彼のことをＣＩＡ局員だと確信している。それは事実ではないが、当たらずとも遠からずだ。実のところ、ジャックが〈ザ・キャンパス〉と彼が増援しているＣＩＡチームの両方にたいしてできる最善の策は、ドゥドゥに彼のまちがった思いこみをつづけさせることだった。

情報資産検証作業は、とっくに終わっていた。うまくいけばいまごろＣＩＡの工作員たちは姿を消しているだろう。認めたくはないが、ドゥドゥと彼のチームはジャックとくらべものにならないほどベッカとトミーを守るのに向いている。それが彼らの専門分野であるだけではなく、彼らは毎日、テロ攻撃に対処しているからだ。そう、ジャックにできる最善の策は、つべこべいわずに西へ向かう飛行機に乗ることだ。

それでも……。

「すくなくとも彼女がなぜターゲットになっているのかは、わかっているのか？」とジャックはいった。

「そいつはきみの知ったことじゃない」とドゥドゥはいうと、振り向いてジャックをにらみつけた。「誰かがわたしの国で、わたしが見張っているときに、この女性を二度も殺そうとしたんだ。いまやこれは〝青と白〟の問題なんだよ。これがどういう意味かわかるね？（青と白はイスラエルの国旗の色）」

「わかるさ」とジャックがいうと、車列は左折して、景色が海から集合住宅とレストランに変わった。「もっとも、わたしが見るところ、こいつははじめからずっと〝青と白〟の問題だったがね。いまのところ、あんたたちはなにひとつ見つけだしていないが」

先頭の車のブレーキ灯がフロントガラスごしに光り、二台ともスピードを落とした。イスラエルの交通密度はあらゆる国のなかでも最高の水準で、テルアヴィヴで車を運転するのは、ほかに類を見ない種類の特別な悪夢だった。しかし、通勤者たちは相変わらず対向車線を通りすぎていくので、たぶんこれは短い渋滞なのだろう。

「きみたちアメリカ人ときたら」とドゥドゥはいって、うんざりしたように首を横に振った。「いつだって——」

ジャックはシン・ベト局員の話を無視した。彼の言葉はうるさい虫の羽音ほどにしか聞こえなかった。ジャックがドゥドゥの小言を聞きたくなかったからではない。ジャックは、アメリカ人が世界の諸問題にかなりの楽観主義で対処しがちで、それがしばしばずいぶん傲慢に見えることを誰よりも先に認めるつもりだった。しかし、もっと掘り下げた自己分析はもう少し先まで待たねばならないだろう。大通りの対向車線の車の流れもすでに止まっている。

そういえば、こいつはなんだかおかしい。

そう思ったとたんに、ブレーキが金切り声を上げ、鋼鉄がぶつかって、ジャックの考えはそれとはべつのほうに向けられた。ジャックは衝突で目の前の座席の背もたれに投げだされて、首と背中をひねった。国内の混雑した道路状況を考えれば、イスラエルではフェンダーがへこむ程度の軽い衝突事故はほとんど日常茶飯事といっていいが、これは少しばかり激しすぎるようだ。ジャックは後方に目をやって、三人の男が一台のバンから出てくるのを見た。

男たちは、覆面をかぶり、銃を持っていた。

# 24

「接触、後方」ジャックが叫ぶと、男たちはすばやく散開し、車内の人間から見て四十五度方向の射撃位置についた――ジャックの側にふたりと、運転手の側にひとり。

ジャックの頭は、この急速に絶望的になりつつある状況から抜けだす方法を考えだそうとするいっぽうで、目の前で展開するよどみない戦術的な動きに驚嘆した。男たちの見張り位置は、車に最大限の射撃を浴びせると同時に、たがいの射撃が干渉し合わないように完璧に選ばれていた。

あの連中が何者かは知らないが、一度か二度はこれをやったことがある。

ドゥドゥは、ジャックがきっと女性のいる席では口にすべきでない言葉にちがいないと思ったなにごとかをヘブライ語でいったが、シン・ベト局員が腰のホルスターにおさめた銃に手をのばすあいだに、銃を持つ男のうちふたりは車の前部まで来ていた。またしてもジャックは自分が銃身を見つめているのに気づいた。

「ダッシュボードに手を置け」とドゥドゥに近いほうの男が叫んだ。「さあ」

その命令はなまりのある英語であたえられたが、この瞬間、ジャックは男の国籍のことに集中できなかった。イスラエル人のどちらかが腰の拳銃に手をのばすかどうか目をこらしてたしかめるのにいそがしすぎたからだ。さしあたり、慎重さが勝ちをおさめたようだ。ふたりとも腕をのばして、車のダッシュボードの上で指を広げた。ジャックを見張っている男がライフルの銃口で手を上げろという仕草をし、ジャックはいわれたとおりにして、車の屋根に掌《てのひら》をべったりと押しつけた。

これは興味深い展開だった。待ち伏せしていた連中は、彼らを一網打尽にした。実際、もし銃を持った連中が発砲しながらバンから飛びだしてきていたら、この状況全体がいまごろは終わっていただろう。しかし、連中はそうしなかった。誰かを生かしておきたいのだ。

ジャックはそれが誰か知っている気がした。

先頭の車のあわただしい動きで、ジャックの懸念《けねん》は裏づけられた。銃を持つふたりの男が、運転席と助手席の横に立った。ライフルは、流れ弾があやまってジャックの車を見張っている男たちにあたらないように、前方に向けられている。

しかし、似ているのはここまでだった。先頭の車へ向かった覆面姿のガンマンは、四人だった。いまジャックはその理由を理解した。助手席側の後部ドアのところに立った男は、ドアを引き開け、車内に手をのばすと、ベッカの髪をつかんで引きずりだした。

その相棒がトミーをつかんだ。

「このくそ野郎」とジャックはいって、拳《こぶし》を屋根に叩きつけた。

覆面姿のガンマンたちがふたりを誘拐しようとしているのに、ジャックは見守ることしかできない。

「くそっ」ジャックはもう一度、屋根を殴りつけた。

この動きは、ジャックの窓とは反対側のガンマンの注意を引いた。男は足音を立てずにすっと近づいてきて、ふたりの距離を半分に詰めた。金属的な〝カチッ〟という音が、男が銃のセレクター・スイッチを〝安全《セイフ》〟から〝発射《ファイア》〟に切り替えたことを告げた。

「くそっ、くそっ、くそっ」ジャックはどなり、ひと言ごとに屋根を殴りつけた。

ガンマンはさらに近づくと、銃身を開いた窓からつっこみ、銃口をジャックのこめかみの十センチ以内まで近づけた。

人間の脳は人が思うほど発達しているとはとうていいいがたい。論理的には、ガンマンは、自分が依然として三メートル離れて立っていても、ジャックが自分のライフルのじゅうぶん有効射程内にいるとわかっていた。しかし、本能は状況を支配せよとガンマンに告げていた。人質に誰が主導権を握っているのか思いださせて、ジャックの行儀の悪いふるまいを蕾《つぼみ》のうちに摘み取るために。

そこで、男は近づいた。

時間の流れが遅くなり、ジャックは飛びこんできたこの好機を値踏みして、危険と見返りを秤《はかり》にかけた。仲間の〈ザ・キャンパス〉の工作員が前の席にひとりいたら、こんなのは頭を使うまでもない簡単な問題だっただろう。しかし、今回、彼は自分の命を未知の要素に賭《か》けていた。

ジャックはかすかに頭をまわして、ドゥドゥと視線を合わせた。その顔つきはくつろいで、うつろな表情を浮かべている。シン・ベト局員は彼を見つめ返した。

それから、ドゥドゥはウインクをした。

ガンマンのライフルをつかんではねのけると、ジャックは銃身を屋根に釘づけにした。

銃が暴発し、三点射が金属製の屋根をひき裂く。狭い車内では、銃口衝風は耳を聾《ろう》さんばかりで、衝撃波がジャックの顔と首に襲いかかった。ジャックは耳鳴りを無視して銃身のプラスチック製グリップを両手で握りしめ、自分の体ごしにぐいと引っぱって、ガンマンの手から銃を奪い取ろうとした。

完璧な世界なら、銃を奪うにはこれでじゅうぶんだっただろう。

ジャックは完璧な世界には生きていなかった。

かわりにライフルはまた暴発して、今度は連射が運転手の後頭部をかすめてフロントガラスをこなごなにした。これでもまだジャックが意図していたようには展開していない。さらなる銃声が車内から響いた。ドゥドゥはもはや彼の近くで助手席に座ってはいなかった。かわりに彼はかがんだ運転手の肩ごしに、おそらくもうひとりのガンマン目がけて拳銃を撃っていた。

ジャックにはシン・ベト局員の銃弾が命中しているのかどうかわからなかった。彼は依然として命がけの格闘中で、屋根にぐいぐい押しつけられる黒いライフルの銃身以外のものは、なんであれ純粋にじゃまだった。

ジャックはライフルをつかむ手をずらして、優勢に立とうとしたが、うまくいかなかった。奇襲の効果は失われ、攻撃側は物理の法則を味方につけていた。彼は立っているのに、ジャックは座っている。つまり、相手はライフルをもぎ取る努力に全体重をかけられるが、ジャックにはそうできないということだ。

戦略を変えるときだ。

ジャックは両肩を丸めると、ライフルを左側に引っぱりながらひねって、攻撃者の手から銃をねじり取ろうとした。ガンマンはそれに応えて、踵《かかと》でふんばって体を後ろに倒し、銃をたぐり寄せ、奪い取った。ジャックはざらざらするプラスチックが指のあいだですべるのを感じ、今度はこれ以上つかみつづけられないと知った。

だから、抵抗しなかった。

かわりに肩をドアに押しつけ、両足ではずみをつけると、ドアを勢いよく開けた。鉄の破壊槌《づち》が、かがみこんだガンマンの顔と膝に激突し、バランスを崩させ、ライフルを使えないようにした。

ジャックは車から跳びだして、よろめくガンマンに体当たりを食らわせ、ライフルをふたりの体のあいだで縦に押さえこんだ。ガンマンが懸命に銃を自由にしようとすると、ジャックは肩を左右に振って鼻にパンチを二度、お見舞いした。最初の一撃はななめからガンマンの顎にあたって、痛烈な骨同士の激突の衝撃が腕の端から端まで走り、ジャックは手がしびれるのを感じた。しかし、後追いのクロスはガンマンの鼻っ柱にもろに命中した。拳の下で軟骨が折れるおなじみの感覚につづいて、鮮血がどっと噴きだし、ガンマンの覆面が朱《あけ》に染まった。

大当たり《ビンゴ》。

ジャックはライフルをひったくろうとしたが、銃の背負い紐《スリング》がそのこころみをじゃました。ジャックは戦術を変更して、放心状態のガンマンが腰の低い位置に下げたホルスターから拳銃を奪い、男の胸に銃口を押しつけて、引き金を三回引いた。

　ガンマンは歩道に崩れ落ちた。

　脅威一、排除。

　残りは三。

　ただし、ジャックが拳銃をいつでも撃てる姿勢でかまえたまま立ちあがったとき、シン・ベト局員と彼のコマンドー隊員の運転手が手をこまねいていたわけではないことに気づいた。ドゥドゥ側の窓ぎわに立っていたガンマンは倒れていたが、サイエレト・マトカルのコマンドー隊員に銃を向けていたガンマンは肩の傷から出血していたものの、まだ立っていた。ガンマンは通りの反対側に停められた二台目のバンのほうへよろよろと歩いていき、仲間のふたりが掩護《えんご》射撃をあたえている。

　ジャックが車の後部フェンダーの陰に隠れると、銃弾の雨が車に降りそそいだ。右のほうでそれに応えてパンパンという音が聞こえ、シン・ベト局員とコマンドー隊員が拳銃で反撃した。イスラエル人たちの応射はゆっくりで、ずっと規律が取れていた。通りのもういっぽうの側では、車の流れはいぜんとして数珠《じゅず》つなぎで、巻き添えの犠牲がでる危険は計り知れなかった。

いうまでもなく、全自動射撃ができる突撃銃はどんなときでも半自動式拳銃を打ち負かすことができる。とくに、この距離では。あっぱれなことに、イスラエル人たちはうずくまって嵐をやりすごそうとはしていなかったが、彼らの車と逃走用バンとをへだてる通りへ突入しようともしていなかった。ジャックは彼らを責めなかった。いま物陰を離れるのは自殺行為だろう。しかし、なにもしなければ、悪党どもはベッカをつれて姿を消すことになる。

受け入れられない。

後部バンパーごしに身を乗りだしたジャックは、顔をかすめる高速弾のうなりを無視して、車体に右肩と腕をあずけ、照準を安定させた。ジャックは、元シークレットサーヴィスの射撃術教官、クリス・オルバンスから指導を受けて拳銃射撃に習熟していた。

いまこそその教えを生かすときだ。ジャックは照星を見つけると、ずんぐりとした照門をガンマンの脚に向けた。逃げていく誰かに命中させるのはかなりむずかしい。四十メートル先を逃げていく誰かに命中させるのは至難のわざだ。四十メートル先を逃げていく誰かの脚に命中させるのは不可能に近い。

　しかし、挑戦してみなければならない。

　ジャックは照門を照星と合わせると、引き金を引きしぼりはじめた。これが途方もない射撃であることは無視し、車に叩きこまれるライフル弾を無視し、跳弾が歩道ではじけるのさえも無視した。ジャックの全世界はたったふたつのことに収束した。照準装置と、引き金にかけているゆっくりと着実な圧力に。ジャックは、照準装置にだけ集中せよとのクリスの助言を守って、発砲したあとで標的を見たくなる衝動をこらえた。

　二発撃ったあとで、やっとジャックは自分の手際を確認した。

　ガンマンは逃走車から二十メートル離れたコンクリートの上に手脚を広げて倒れていたが、二千メートルだろうがそれは同じことだった。男がその距離を進むことはけっしてないだろう。

　ジャックは捕虜を手に入れた。

　掩護射撃にあたっていたふたりのガンマンも、同じ結論に達したようだ。ふたりは負傷した仲間のほうを同時に向くと、男のうつぶせの姿に銃撃を浴びせた。負傷した男は非情な仕打ちに体を痙攣《けいれん》させ、やがて動かなくなった。残るガンマンたちはふりかえりもせずに、バンにいっせいに乗りこむと、急発進して去っていった。

ジャックは振り出しに戻っていた——完全に手ぶらの状態で。

# 25

「みごとな射撃だったな」

ドゥドゥはしぶしぶいった。その言葉はまるで唇から引きずりだされたようだったが、それでも彼[redacted]ういった。これは進歩だ。あいにく、シン・ベト局員の賛辞は、ジャックのむかむかす[redacted]分をやわらげるのにほとんど役立たなかったが。

「かもしれないが」とジャッ[redacted]はガンマンの上に身をかがめた場所からいった。「こいつが死んでいることに変わり[redacted]い」

ジャックはガンマンの覆面を引き[redacted]がしたが、白人の顔以外には、男の顔立ちは彼になにも教えてくれなかった。おそらく[redacted]想されたことだが、それでもやはりもどかしかった。

「われわれは生きている」とドゥドゥはいった[redacted]すごいことじゃないか」

ジャックはうなずいた。「そうだな。だがベッカ[redacted]トミーの身が危険にさらされている」

「イスラエルは狭い国だよ」とドゥドゥはいって、ジャックの肩をぎゅっとつかんだ。「そして、テロリストがシン・ベトを恐れるにはわけがある。誘拐犯たちはそう遠くへは行けないさ」

「悪く取らないでもらいたいんだが」とジャックはいった。「わたしがこれまで見てきたところでは、この一味はあんたとあんたのシン・ベトをいいようにあしらっているよ」

ジャックの指摘でドゥドゥの表情は曇ったが、ヘブライ語の取り乱した叫び声がシン・ベト局員をたじろがせた。死んだ暗殺者から先頭の車のほうへ向き直ったドゥドゥは、質問をどなった。車の横に立つサイエレト・マトカルのコマンドー隊員は、それに答えて、べつの解読不能なヘブライ語でまくしたてた。今度だけは、ジャックに通訳は必要なかった。

ドゥドゥの顔に浮かんだ表情が、りっぱな通訳だった。

ジャックはシン・ベト局員の走る姿につづいた。彼らがなにを見つけたかはわかっていた。ドゥドゥは車のところで立ち止まり、コマンドー隊員を肩で押しのけた。目が運転席側の窓と同じ高さになるまでかがむと、車内をのぞきこむ。それから上体を起こし、車の屋根を拳で殴りつけ、金属をへこませた。

ジャックはドゥドゥの前を横切ると、覚悟を決めて、車内を見た。

見なければよかった。

運転手は死んでいた。それはショッキングだったが、もしそれが殺戮《さつりく》の全貌だったら、ジャックには耐えられただろう。しかし、そうではなかった。タルは前部席にぐったりともたれかかり、顔の半分を失っていた。ほんの数時間前、ジャックはあの笑う褐色の瞳をのぞきこみ、もしふたりが取調室ではなくコーヒーショップで出会っていたら、どうだったろうと思っていた。

もう知ることはないだろう。

彼女のジェリコ拳銃はとなりの座席に落ちていた。つかもうとする指のすぐ先に。

車のドアを開けたジャックは、運転手ごしに手をのばして、彼女の銃をつかんだ。それから、ポリマー製のグリップをうやうやしくタルの手に握らせた。

「なにをしている?」とドゥドゥはいった。

「わたしにはアイルランド人の血が流れている」とジャックはいって、イスラエル人と向き合った。「アイルランドの戦士は武器を手にしたまま死ぬんだ。彼女も同じようにする資格がある」

　ドゥドゥはジャックを見つめ返した。その目は怒りに燃えている。一瞬、ジャックはシン・ベト局員が自分をぶん殴るのではないかと思った。そのかわりに、ドゥドゥはうなずいた。「それで、アイルランド人は敵をどうするんだ？」

「とことん追いつめる」

「アイルランド人とイスラエル人には共通点が多いな」とドゥドゥはいった。彼は、近づくサイレンの金切り声が行動をうながすまで、ジャックを無言で見つめた。「行け」とドゥドゥはいった。「すぐにな。さもないと、勾留して尋問するぞ」

「どこへ？」とジャックはいった。

　ドゥドゥはがっしりした肩をすくめた。「それはきみにまかせるよ。空港へ向かうんなら、きみがわずらわされずに搭乗できるよう手配しよう。しかし、なにかべつのことを考えているんなら、こいつを持っていけ」

　ドゥドゥはポケットから携帯電話を取りだすと、ジャックに差しだした。

「最初に入っている番号はわたしのだ」とドゥドゥはいった。「足取りをつかまれないようにしろ。だが、わたしが電話をかけたら、追跡の用意だ」

　ジャックは携帯電話を見つめて、選択肢を検討した。賢い方法は、唯一の方法は、空港へ向かうことだ。これは〈ザ・キャンパス〉が許可した作戦ではなかったし、ジャックは情報資産検証作業を実施するという本来の主旨をまちがいなくとうに逸脱している。

ベッカとトミーを助けたいか？　もちろんだ。しかし、ベッカが窮地に陥っている理由はおろか、彼女が何者かすらわからない。いうまでもなく、ジャックは彼女の命を二度も救ったにもかかわらず、ベッカの身はあきらかにいまも危険にさらされている。ジャックの選択肢は明白であるのは誰にでもわかる――空港へ行って、おしまいにするのだ。

ただし、ジャックは、想像のなかで、ふたつのことにくりかえし戻っていた。タルの生気を失った目と、ベッカの顔のおびえた表情に。

〝善良な人間はときには正しいなにかをなすために進んで代償をはらわねばならないものなんだよ〟

ジャックはため息をついて携帯電話を受け取った。

「二ブロック先にコーヒーショップがある」ドゥドゥは最初の救急車が角を曲がってくるといった。「準備ができたら、迎えに行く」

「そのかわりに、電話をかけてくれ」とジャックはいって、ポケットに携帯電話をしまった。「そこにはいないから」

「どこへ行くつもりだ、ジャック・ライアン?」ドゥドゥは歩き去るジャックに向かっていった。

「答えを見つけにね」

# 26

ジャックは、簡略化した監視探知ルート、略称ＳＤＲを進みながら、もどかしい気持ちをなだめた。彼には作戦上安全な状態を維持する必要があった。右ポケットに入っている携帯電話はイスラエルの国内保安機関の局員から提供されているので、自分は頭に点滅する灯台をくりつけられたも同然であることを、もちろんジャックが理解していないわけではない。ドゥドゥの携帯電話を持っているかぎり、イスラエルの監視をふりはらうＳＤＲは存在しなかった。

しかし、ジャックが心配しているのはイスラエル人たちではなかった。葉が生い茂るエジプト無花果《いちじく》に守られ、上品な商店や流行のさらに先端を行くコーヒーショップが立ちならぶ脇道を歩きながら、ジャックは、ガラス張りの店頭に監視の証拠を探した。今朝以来、ジャックは、心に殺意をいだく男たちとの遭遇を三度も生きのびてきた。これは彼にとってさえ新記録だった。ジャックは何時間も対応に追われ、命を落とす危険性のある状況から状況へ転々としてきた。そのため、まだ時間を割いて自分のもっとも危険な武器を投入していなかった。

彼の頭脳を。

ジャックは、イスラエル式サンドウィッチ《サビーフ》の店で足を止め、ひょいと店内に入って、メニューを読んだ。カウンターの向こうの女性がヘブライ語でなにかいい、ジャックはにっこりと笑って首を振り返した。それから外に出ると、来た道を引き返しながら、ジェラートの店に向かって通りを渡った。

店内に入ると、彼はピスタチオの近い親戚であることを願ってグリーンのアイスクリームのシングルを注文し、それから歩道を横断して、通りのあいだを横切る狭い路地に入った。またべつの歩行者区域に出ると、ジャックは、客がずらりとならぶ小さなドラッグストアに入った。列の端まで進むと、都合よく外の通りが見渡せる石けん売り場を見てまわった。

歩行者の流れは正常のように思えた。双子の乗ったベビーカーを押す父親が、後ろの特製チャイルドシートに幼児を乗せて自転車で通りすぎる母親に道をゆずる。大通りの向こうでは、男女がテーブルを立って、スクーターを駐車した場所へぶらぶら歩いていく。男は小さな四角いフットスペースに乗りこみ、女性がその後ろにまたがって、腰に腕を巻きつけた。すぐに男がアクセルをまわして、ふたりは走り去った。

ジャックは見おぼえのある顔も、たぶんもっと重要なことだが、見おぼえのある靴も目にしなかった。メアリ・パットの指導で彼が学んだように、髪の毛は帽子で隠せるし、顔の特徴は眼鏡でごまかすことができる。シャツは上着で見えなくできる。しかし、靴はべつの問題だ。二足目の靴を持って一日中歩きまわりたがる者は、スパイをふくめ誰もいない。それはつまり、監視チームはおおむね、衣装のなかでそのアイテムをなおざりにする傾向があるということだ。

その結果、ジャックは靴を記憶する名人のようになっていた。彼は注意を下に移し、石畳の通りを行き来する足を心のなかで分類した。

なにもない。

だからといって、かならずしもジャックがつけられていないというわけではないが、暗殺者が待ち伏せしていないことはかなり確信した。さあ、判断を下すときだ。左に寄ってべつの客に場所をゆずると、ジャックは石けん売り場を離れて、ハードカバー本の小さな棚に移りながら、頭のなかで問題を検討した。なにひとつ、ぴんとこない。ジャックは霊能者ではなかったが、諜報《ちょうほう》活動のプロの大半と同様、人の心を読むのがかなりうまかった。もしベッカに質問する時間があったら、ジャックは彼女がターゲットにされている理由をつきとめられただろうと確信していた。しかし、彼女の名前しか手がかりがない以上、ジャックはなにがからんでいるのかさっぱり理解できなかった。

しかし、ひとつだけ確実にわかっていることがある――ベッカは世界を股にかける謎の女ではない。彼女は具合の悪い相手のレーダーにひっかかったかもしれないが、諜報活動のプロではない。トミーの存在だけでも、それが裏づけられる。

では、同じアジア男が二度も彼女を暗殺しようとしたのはなぜか？　そして、彼女を追っていた連中は、なぜいま殺人から誘拐に方針を変えたのか？

ジャックは適当に本を取ると、ページをめくった。ブラッド・テイラーのパイク・ローガン・シリーズの一冊だ。イスラエル人はいい文学趣味を持っている。スパイ小説はさておき、暗殺者の戦術転換のなにかが、ジャックにはひっかかった。最初はそれがつきとめられなかったが、そのとき青天の霹靂《へきれき》のように、はたとひらめいた。

「そうだったのか」とジャックはいうと、音高く本を閉じた。相客の驚いた視線を無視して、ジャックは本をマーク・グリーニーのグレイマン・シリーズ最新刊の横の棚に戻し、いそいで店を出た。

アジア人暗殺者はベッカを二度狙った。いずれも、ジャックのじゃまがなければ、彼女は殺されていただろう。しかし、誘拐のときには、連中はベッカを生け捕りにするのに躍起だった。

なぜか？

なぜなら、ベッカの誘拐犯たちは、彼女を殺そうとしたやつらではないからだ。

ジャックはこのことをじっくり考えながら、ふたたび一連の路地を抜け、西のビーチのほうへ向かった。そこならタクシーがずっとたくさんいることはわかっていた。武器を持つ男たちのグループふたつがベッカを探している理由を思いつこうとしたが、すぐにあきらめた。ベッカが本当は何者で、彼女の存在がなにを意味しているのかがわからなければ、彼女を襲った連中の動機を推理しても無意味だ。もっと情報が必要だった。

賭け金を上げるときだ。

大通りに出たジャックは、ビーチと平行にそぞろ歩く歩行者の流れに合流した。今回だけは、彼の注意は、砕ける波や極小水着姿で肌を焼く娘たちに向けられなかった。そのかわりに、ジャックの頭のなかは、ずっと平凡なもののことでいっぱいだった――タクシーだ。

ミニ・シリコンバレーというテルアヴィヴの評判は伊達《だて》ではなかった。〈ウーバー〉

という流行を生みだす会社がアメリカでデビューしているが、ある野心的なイスラエルの新興企業は〈ゲット〉というアプリをリリースしている。基本的にはタクシー用の〈ウーバー〉で、地元住民と旅行客の両方に楽な交通の便を提供し、イスラエルの交通システムに革命を起こした。

　しかし、いまこの技術革新のせいで、ジャックは携帯電話なしでタクシーを見つけるのが信じられないほど困難だった。彼が近づいた最初の二台のタクシーはふりかえりもせずに走り去った。三台目でジャックは突然、ひらめいた。革新的な資本主義に突き動かされる人々の関心を引くのに、彼ならではのささやかな革新をしめすよりいい方法があるだろうか？　ジャックはポケットに手を入れると、アメリカ・ドルの札束を取りだした。

　つぎのタクシーが道ばたからアクセルを踏んで離れると、ジャックは命がけで車の前に飛びだした。運転手は車を急停止させたが、彼が両国の同盟関係を決定的に傷つけるようなことを口にする前に、ジャックは彼に二十ドル札の束をつきつけた。

「乗せてくれたら百ドル」とジャックはいって、うるさくて頭の悪いアメリカ人のステレオタイプをせいいっぱい演じた。

「アプリを使えよ」運転手は非の打ちどころのない英語で答えた。

「ビーチで携帯電話をなくしてね」とジャックは背後を身ぶりでしめしながらいった。

「アパートに戻らなきゃならないんだ。百五十ドル。たのむよ」

「住所はどこ?」と運転手。

ジャックはダレス空港からの長い空の旅に搭乗する前に記憶した番地をつたえた。

「百ドルでいい」と運転手はいった。「乗りな」

「感謝するよ」とジャックはいって、後部座席にすべりこんだ。ドアを閉めるやいなや、運転手は道ばたからアクセルを踏んで発進し、死をも恐れぬ神風パイロットのように車の流れに合流した。

これは興味深いたとえだった。もしジャックが目ざす場所をまちがったら、その結果はまちがいなく死と破壊だからだ。

# 27

「ついたよ」と運転手はいって、路肩に車を寄せた。「百ドルだ」

「釣りは取っておいてくれ」ジャックはそういって、かわりに百五十ドルを男に渡した。

ひそかに行動するための第一のルールは、目立たないようにして、その結果、記憶に残らないようにすることだ。あいにく、ジャックは匿名《とくめい》のタクシーを見つける必要上、すでに記憶に残るようになっていた。それにかんしては、手の打ちようがない。しかし、彼はどういうふうに記憶に残るかを左右できた。結局のところ、チップをたんまり懐《ふところ》に入れてご機嫌なタクシー運転手は、自分の車を事実上召し上げたアメリカ人の間抜けさかげんを同業者に話す気になどまずならないものだ。それに、これは自分のではなくＣＩＡの金だ。そして、この世界第一の情報機関について彼が知っていることからすると、ＣＩＡはドルに困ってはいなかった。

ジャックはタクシーから降りると、通りを横切って、南へ歩きはじめた。やがてタクシーは路肩から発車すると、向きを変えて走り去った。車が見えなくなると、ジャックは引き返して、今度は通りを向かい側に横断した。歩きながら風景に目を走らせたが、今回は監視を探していなかった。

ジャックは自分がなにを探しているのかわかっていなかったが、見ればそれと分かると確信していた。彼はいまから作戦上の不作法を働こうとしていて、彼にできるのはその結果発生する損害を最小限にすることぐらいだった。

通りのほとんど端まで来ると、ジャックは探しているものが見つけられないのではないかと心配になりだした。そのとき、彼はそれを見つけた。コンクリートでかこまれたプランターから太ももぐらいの高さにのびた一群の低木だ。枝にはあざやかなピンク色の花がいっぱいにほころび、それ以外には殺風景なコンクリートとアスファルトの街並みに、緑の憩《いこ》いをもたらしている。

しかし、ジャックが低木にぴんときたのは、その美的な魅力のせいではなかった。彼は緑の塊をのぞきこみ、生い茂る葉をかき分けて、いちばん内側の根っこが視界から隠れているのを確認した。自分の読みが当たっていたことをたしかめると、ジャックは歩道を見まわした。通りはまだほとんど人気《ひとけ》がなく、道の反対側のコーヒーショップでふたりの男が座って熱の入った会話をかわしているだけだ。

ジャックはポケットからドゥドゥがくれた携帯電話を取りだした。コーヒーショップの床から天井まである出窓を利用して周囲を用心深くこっそりと最後にうかがってから、ジャックは片膝をついて、靴紐《くつひも》を結びはじめた。もっとも、すでに結んである靴紐をいじるあいだに、ジャックは携帯電話を茂みの青々とした抱擁の奥深くにすべりこませたのだが。

それから立ち上がって、手のほこりをはらうと、最後に通りを横切った。

ジャックは、屋外のテーブルの上に椅子が積み重ねられた無人のカフェを通りすぎ、煉瓦《れんが》の壁でかこわれた一画から生える数本の木々のわきを抜けて、石畳の歩道を進んだ。道はカフェのわきをくねくねとつづき、それから一種の袋小路に行き当たった。そこには小さな食料品店と、きょうはすでに金属の格子《こうし》を下ろしたファラフェル屋台、そしてとなりの集合住宅へつづくドアがあった。

テルアヴィヴの住宅地域の大半と同様、建物の前にはお決まりの自転車駐輪機があり、さまざまな形とサイズの自転車で半分埋まっていた。自転車は安物のようで、駐輪機にチェーンでつながれていた。ジャックの経験では、これらはテルアヴィヴの街角で長持ちするためのふたつの秘訣《ひけつ》だった。高級自転車の持ち主は、それを自分の部屋で保管するか、さもなければ盗まれる。いかにロック機構が精巧だろうと。

中間はない。

この前誰かを乗せたのは、もっとも有名なユダヤ人が自分の十字架をゴルゴタの丘に運んだころだったように見える、錆《さび》だらけの塊の横にかがんだジャックは、くたびれたサドルの下を探り、やがてまさぐる彼の指が金属製のなにかにあたった。

鍵《かぎ》だ。

ジャックは、心地よいびりっという音とともに、やぶれた布にテープで留められた場所から鍵をはがすと、共同ドアのほうへ向かった。経済アナリストと隠密《おんみつ》工作員としての二重生活をおくってきた歳月で、ジャックは、ぜったいにまちがいのないひとつの真実を学んでいた——どんな作戦も計画どおりにはいかない。そのため、作戦の状況説明でもっとも重要な部分はしばしば、チームがぜったいに利用したくない部分ということになる——緊急事態対応策に。

情報資産検証作業は、厳密にいえば作戦ではないが、ピーターはそれでも緊急事態対応策を説明していた。この場合には、かなり単純なものだったが、それでも存在した。もし困った事態になったら、隠れ家で落ち合う。そして、もっとも危険度の低い作戦でもときどき発生する混乱で鍵をなくしたら、自転車のサドルの下からスペアを手に入れろ。

またしてもジャックはピーターとディングがふたりとも同じ組織で名を上げたことをありがたく思った。

ジャックはドアのところへ行くと、鍵穴に鍵を差しこんで回し、もっともすばらしい感触をおぼえた――錠前がはずれる感触を。ドアにもたれかかると、ドアは油のきいた蝶番《ちょうつがい》でスムーズに開いた。ジャックは金属製のドアハンドルをつかんで、ゆっくりとドアを閉め、それからエレベーターを無視して、折り返しの階段を選んだ。隠れ家は数階上だったが、ジャックは運動をいとわなかった。それに、自分を殺したい誰かとエレベーターに閉じこめられることを思えば、階段もそう不便ではない。

階段を三階分上って、ジャックは踊り場に立つと、廊下をのぞきこんだ。

典型的な隠れ家とちがって、集合住宅はぼろではなかったし、むっとする煙草《たばこ》の煙が空気に充満してもいなかった。廊下のタイルは清潔で、ひびひとつなく、頭上の照明はちかちかせず、明るかった。すれちがいざまになにかを手渡そうと待ち受けるトレンチコートに中折れ帽姿の男たちを隠す長い影もない。隠れ家は現在閉店中のコーヒーショップの上にあり、狭い廊下にはドアがふたつしかなかった――ジャックのすぐ左手の貯蔵室につうじるドアと、廊下のつきあたりにあるドアと。

雰囲気は明るいとはいえなかったが、ディングが好む隠れ家の不吉で暗い感じもなかった。それでも、狭い廊下を進んでいく前にジャックをためらわせるなにかがあった。作戦チームは二十メートル先のなんの変哲もないドアの向こうに集まっている。そして、ここはベイルートのスラム街でも、パリの郊外でもなかったが、ジャックは自分が野獣のすみかに入ろうとしているような気分にならずにはいられなかった。追いつめられた野獣の。

ジャックは自分がこれから行くことをピーターに知らせようかと思ったが、そうしなかった。これは言葉のあらゆる意味で緊急会合だ。どこかで殺し屋のチームがベッカとトミーを捕らえていて、ジャックが茂みに隠した携帯電話はいつ鳴ってもおかしくない。

時間は刻々とすぎていく。

ジャックは廊下に入ると、つきあたりのドアまで歩いていき、二度、ノックした。ごそごそという音が聞こえ、それからドアが引き開けられて、ふたつのものが見えた――ピーターと、グロック19の銃口が。

# 28

「ジャックか」とピーターはいった。その声に驚きが表われている。「入れよ」

ピーターはパンツの尻のホルスターに拳銃をおさめると、右にずれて、ジャックに場所を空け、そうしながら左脚をかばった。

ＣＩＡの工作員はジャックよりすくなくとも二十歳は年上のはずだが、いまだにかつてのドア蹴り開け屋時代の体格を維持している。広い胸と太い腕の上には筋肉質の肩が載っている。ピーターの後退しつつある髪は、頭のてっぺんで頭蓋骨近くまで短く刈られていたが、典型的な軍人の髪型では嫌われる、長めのもみあげをいまも生やしている。目はどぎまぎするほど深い青だったが、風雨にさらされた褐色の顔には不釣り合いのように思えた。

左脚のせいでぎこちなく足を引きずっていなければ、ピーターはいまだにマルチカム迷彩服の上下と〈クライ・プレシジョン〉の防弾プレート・キャリア姿がしっくりきて見えたことだろう。しかし、ディング・シャベスが説明したように、タリバンの狙撃手はピーターの作戦行動の日々を容赦なく過去のものにしていた。

「なぜここにいる？」とピーターはいって、ふたりの後ろでドアを閉め、鍵をかけた。

「すみません」とジャックはいった。「手順に反することはわかってますが、助けがいるんです」

「よしきた」とピーターはいって、ジャックを前に進ませた。「さあ、入った入った」

通路は狭いキッチンを通り抜け、共用エリアへとつづいた。右手にテーブルがあり、ひと組のカウチと一脚の椅子が、真正面のガラスの引き戸をかこんでいる。狭い通路は、左の寝室とバスルームだろうとジャックがにらんだほうへ曲がっていた。

空間には、世界中の隠れ家共通の狭苦しく、人が住んでいる感じがあった。テーブルの上には、紙皿とテイクアウト料理の容器が積み重なり、奥の壁にはバッグがいくつかならんで、緊急に引き払う事態が発生したときのために荷造りされ、いつでも持ちだせるようになっている。空気は麝香《じゃこう》の香りがして、煙草の煙もかすかに感じたが、ジャックが見るかぎり、ピーターはひとりきりだった。

あれこれ考え合わせると、たぶんそのほうが好都合だった。ジャックはこの元準軍事組織の一員のことをよく知らなかった。つまり彼のことをまるで知らないということだ。それでも、ジャックがこれから彼の作戦的パンチボウルに投げこもうとしている糞《くそ》を、このＣＩＡ工作員がよろこぶはずはないということは、精神分析医でなくても推測できた。

「かけたまえ」ピーターはガラスの引き戸の横にある椅子のほうへ手を振った。「ビールはいるかい？」

「いえ、けっこう」ジャックは残念な気持ちが声に出ないようにしながらいった。

本心では、ぜひともビールが飲みたかったが、アルコールと仕事をいっしょくたにしなかった。とりわけ、その仕事が銃弾を標的に撃ちこむことをともなう可能性がある場合には。ドゥドゥの別れの言葉はこれっぽっちも曖昧《あいまい》ではなかった。携帯電話が鳴ったら、ジャックはいつでも動きだせるつもりだった。

茂みに隠した携帯電話のことを考えたジャックは、この会合が複数の理由で緊急を要するものであることに気づいた。もしジャックがここでピーターとおしゃべりをしているあいだにドゥドゥが電話をかけてきたら、すべては水の泡だ。もたもたしないのがいちばんだ。そこで、ジャックはいわれた椅子に座るかわりに、立ったままでいた。

「予告なしにここに来てすみません。ですが、あれやこれやで少しばかりいそがしくて」

「かまうもんか」とピーターはいった。「またいつもの退屈な情報資産検証作業を実施していたと思ったら、つぎの瞬間、きみがジェット・リーと取っ組み合いを演じていたんだからな。いったいなにがあったんだ？」

ジャックは首を横に振った。「正直、わからないんです。スパイとの密会が行なわれるのを見守っているとき、となりの売店でひとりの子供がなにかを落としました。アクション・フィギュアです。それを子供の母親に返しにいくと、このアジア男がナイフ片手にどこからともなく現われたんです」

「見ていたよ」ピーターは分厚い胸の前で腕を組んだ。「そうそう、きみはよくやったよ。やつはきみを一度か二度、傷つけたが、それでも割とよくやった。わたしはいつだって、優秀なナイフの使い手と格闘するより、撃ち合いを取るね。あの刃物を食らわずにすんで、きみは本当にツイてるな」

ジャックは肩をすくめた。「ときには優秀であるよりツイているほうがいいですからね。とにかく、もしそれで話は終わりだったら、わたしはいまごろマラヴィ・ビーチでサーフィンをしているか、大西洋上空のどこかで機内に座っていたでしょう。でも、そうじゃない」

「どういうことかね？」とピーターはたずねた。

「シン・ベトがわたしを取りかこんだんです。連中は、その母親ベッカからなにがあったか聞くと、すぐに釈放してくれましたが、その前に、局員のひとりが、イスラエルの国内で未申告の情報局員として活動している件で、わたしをとっちめました」

「まずいな」とピーターはいった。「それでどうなった？」

「あなたのほぼ予想どおりですよ。われわれは少しダンスを踊ったあとで、連中にイスラエルの休暇を切り上げるのがいちばんいいといわれました」

「きみは彼らの助言にしたがわなかったようだな」とピーターはいった。

ジャックはうなずいた。「そうともいえます。信じようと信じまいと、わたしはこの場所から出ていく気満々だった。あなたとあなたのチームを危険にさらすことだけはしたくなかったので」

「でも」とピーター。

「でも、空港へ向かう途中で子供のアクション・フィギュアを返しても害にはならないだろうと思ったんです」

「もちろんそれはまちがいだった」

ジャックはまたうなずいた。「そのようです。わたしは少年と母親を見つけました。

でも、ジェット・リーも見つけたというわけです」

「驚いたな」とピーターはいって、首を横に振った。「またナイフと格闘か？」

「今度は銃です。わたしはやつが母親を殺すのを阻止しました。しかし、やつを捕らえる前に、一艘《そう》のゾディアックがやつを救いだしたんです」

「きみはいったいなにに巻きこまれたんだ？」

「それが問題です」とジャックはいった。「しかも、その問題にはまだ答えが出ていない。母親と子供は空港へ向かう途中で誘拐されました。ふたりのイスラエル人がこの襲撃で殺されました」

「きみはまた大変な目に遭ってきたな、若いの」ピーターはそういって、ハム・サイズの手で、いがぐり頭を掻《か》いた。「だが、なぜここに？」

「よくわかりません」とジャックはいった。「正直なところ、あなたがまだ街にいるとは思っていなかった。情報資産検証作業は何時間も前に終わっていますから。あなたとあなたのチームが脱出する時間はたっぷりある。しかし、このとおり……」

ジャックは言葉の端をにごしながら、ＣＩＡ工作員を見守った。

待ちながら。

ピーターにたいする彼の答えは嘘《うそ》偽りなかった。ジャックは自分がなぜここにいるのか正確にわからなかった。彼はそれを、アメリカの作戦チームとの通りすがりの連絡、あるいはＣＩＡの高度な分析能力を利用するための方便と説明して片づけようとした。しかし、この説明はいずれも的外れに思えた。ジャックが隠れ家に来たのは、ここが、彼がひっくり返さねばならないつぎの石だという予感がしたからだった。

　ジャックの直感は、長年のあいだにいっそう研ぎ澄まされてきた。はじめは彼も、直感で行動するという考えに抵抗をおぼえたが、ディングは正反対の視点を持ちだした。射程にそって未来修正量をくわえるこつを学ぶ時間や、格闘技施設での長時間の実技が、工作員の格闘能力および射撃能力を完璧にするように、監視探知ルートを実施し、スパイを採用して、複雑な作戦を調整することは、頭のトレーニングになる。

　しかも、意識の部分だけではない。

　ジャックの潜在意識は、好むと好まざるとにかかわらず、いつもくっついてきた。それは、日々の生存が瞬時に判断を下す狩猟採取民の能力にかかっていた原始人時代とを結ぶリンクで、いまも人間の脳にひそんでいる。この原始的な進化の遺物は、現代のパーティションの住人にはほとんど役に立たないが、ジャックはオフィスで働いているわけではない。

　ディングが明言したように、優秀な工作員は誰もがある種の第六感を発達させている。そして、ジャックの第六感はＣＩＡの隠れ家を彼に指ししめしていた。彼の指導役のもっとも古い友人のひとりである、山のような体格の男が見せるボディランゲージはいまや、ジャックの直感が正しかったことをしめしていた。

ここではなにかべつのことが起きているのだ。

# 29

ピーターは腕をほどき、胸の前で両手の指先を合わせた。これは取り調べの構えと呼ばれている。対決姿勢には見えないが、法執行機関の職員が手をいつでも使えるようにするためによく使う構えだ。

キーワードは〝見えない〟ということだ。

ジャックは自分の手で同じポーズを取りたくなる衝動をこらえたが、両足の間隔を広げ、体重を足の親指の付け根に移した。なにが起きようとしているのかはわからなかったが、高まる緊張はそれがよくないことであるのを示唆していた。またしても、彼は素手でナイフ格闘戦に挑もうとしていた。あるいは、銃撃戦かもしれない。彼はすでにきょう、両方を生きのびていた。

しかし、九つの命を持つといわれる猫だって、いずれは命が尽きるものだ。

「よかろう」ピーターはぴりぴりとした空気をただよわせながらいった。「このことは話させてもらおう。われわれは情報資産検証作業のためだけにここにいるわけではない」

「本当ですか」とジャックはいった。彼はむりやり笑みを浮かべると、がっちりした工作員を見つめ、自分なりの緊急事態対応策を練った。

ピーターが銃を選んだら、ジャックはおしまいだ。しかし、もし多くの工作員のように、ピーターのいつもの近接武器がなにか鋭利なものだったら、ジャックにはほんのわずかだが勝算がある。ナイフを使うためには、ピーターは間合いを詰めなければならないし、不自由な脚をさらす可能性がある。

ジャックは今後の展開を思い浮かべ、自分がピーターの負傷した脚をムエタイ・キックで粉砕するところを想像した。最良の策とはいえないが、これで間に合わせなければならない。どんな想定でも、ジャックは、すくなくとも自分より九キロは重くて、銃を持った男と格闘に入るつもりはなかった。

「だましてすまなかった」とピーターはいった。「検証作業は本当だったが、欺瞞《ぎまん》計画の一部でもあったんだ。モサドあるいはシン・ベトの注意をそらすあいだに、わたしのチームのべつの一部が本当の目的を追究するためのものだ」

「で、それは?」とジャックはいった。

ジャックは話しながら右にじりじりと移動し、ピーターが追いこもうとしている隅から抜けだそうとした。ピーターは間合いを詰める気配を見せなかったが、この準軍事組織の一員は依然としてエネルギーに満ちあふれていた。それに、この場合、距離はジャックの味方だった。ピーターの体格を考えれば、このコマンドー隊員がキックを受け止めて、なおもかかってくる可能性は五〇パーセント以上ある。もしピーターが拳をジャックに叩きこんで彼を床に這《は》いつくばらせたら、彼の脚を破壊しても役には立たない。

「ナイフ男をよく見たか？」とピーターはいった。

「やつが昼に食べたものの匂いがわかるほど近づきました」

「じゃあ、やつの国籍がわかった？」

ジャックは肩をすくめた。「正式にあいさつを交わしたわけじゃありませんが、アジア系じゃないかと思います」

「中国人だ。ＭＳＳ」

「国家安全部？」とジャックはいった。「まじですか？」

「心臓麻痺《まひ》ぐらいまじだ」

ジャックは眉をひそめた。こう来るとは思っていなかった。「中国の情報機関がなぜひとりの女とその息子に関心を持つんです？」

「息子にじゃない。女にだ。彼女についてどれぐらい知っている？」

ジャックは首を横に振った。「名前程度です――ベッカ・シュウェイガート」

ピーターはジャックの答えを聞いてほっとしたようだ。手が腰のほうへ下がった。ＣＩＡ局員はまだぴりぴりしていたが、ジャックは、彼がジャックの喉をつかんで絞め上げたがっている気配をもはや感じていなかった。

進歩だ。

「彼女は謙遜《けんそん》していたんだな」とピーターはいった。「彼女の名前はドクター・レベッカ・シュウェイガートだよ」

「ドクター？」とジャックはいって、自分の分析好きで現実主義者の母親と、自分がビーチからつれだした精神的に参っている女性との折り合いをつけようとした。たしかに誰もがキャシー・ライアンのような名医であるわけはないが、それでもジャックはドクターにもっと多くのことを期待したかった。

「医学のドクターじゃない」ジャックの当惑を見てピーターはいった。「ベッカは科学者なんだ。応用物理学で博士号を得ている」

「なぜそれが重要なんです？」とジャックはいった。

「なぜなら、彼女はわれわれがここにいる理由だからだ。中国の工業力についてなにを知っている？」

「彼らがわれわれの友だちでないぐらいは。アメリカは九〇年代に、中国が世界貿易機関への参加を認められるよう働きかけました。彼らを資本主義の道へと歩ませるつもりだった。中国はかわりに、それ以来ずっと、ほかの国から知的財産を買ったり、コピーしたり、脅し取ったり、あからさまに盗んだりしてきた。自由貿易諸国は中国の共産主義者を正常化するどころか、十四億人の購買力を持つ三百六十キロのゴリラを作りだしたというわけです。中国はまさに災難だ」

ピーターの態度は、彼がジャックといっしょにうなずくと、もう一段階下がった。

「そのとおり。中国共産党は過去三十年間、企業秘密を吸い上げてきた。彼らのJ－20ステルス戦闘機を見ろ。彼らは本当の第五世代戦闘機を製造するのに必要な専門知識を持っていないが、局の分析員たちはあの飛行機が第四・五世代はまちがいなく行くと考えている。じゃあ、教えてくれ——ある国が第三世代のおんぼろ機から、NATOの同盟諸国が配備できる大半の機体のまわりをわがもの顔で飛びまわる戦闘機までの飛躍的な進歩をどうやって成しとげるのか？」

「諜報活動だ」とジャックはいった。

「それは答えの半分だよ」とピーターはいった。「残りの半分はきみのドクター・シユウエイガートのような科学者なんだ。中国は欧米の学校を大学院生であふれかえらせている。連中はアメリカの技術を大量に祖国に持ち帰るんだ。そして、中国人学生が盗めないものは、中国共産党が超一流の大学や科学者への助成金によって手に入れるのさ。なんと、最近のＦＢＩの捜査では、テキサス大学の何十というハードサイエンスの研究室が、人材募集計画をよそおった中国の金によって資金を提供されていたことがわかった。しかも、その数のなかに、中国人のために進んで働く科学者は入っていない」

ジャックは気分が沈むのを感じた。「ベッカは？」

「わからない」とピーターはいって、巨大な指の関節をポキポキと鳴らした。「それはわれわれがつきとめようとしていたことの一部だ。いまわかっているのはこういうことだ。ベッカは多くのやり手大学教授と同様、彼女の大学と連携する個人研究所を設立した」

「教授というのは人に教えるものだと思っていましたが」とジャックはいった。

「たぶんきみの専攻が英語ならな。しかし、ベッカのようなハードサイエンスの研究者たちは、自分の研究を収益化する方法をもとめている。じつのところ、誰にとってもメリットがあるんだよ。教授は大学の人材プールと施設を利用でき、そのいっぽうで研究の経済的見返りを得る。学校は自分の旗印のもとで生みだされる革新的テクノロジーのまわりにただよう活気によって利益を得る。優秀な研究所は大学にとって巨大な募集道具であり、ベッカの研究所は優秀なんてものじゃない。じつにすばらしいんだ。彼女がカンザスの小さな学校でやっている研究は、ＭＩＴとスタンフォード大の少年少女を全員、躍起にさせている」

「どんな研究です？」

ピーターは首を横に振った。「わたしが最後に科学の授業に出たのは、高校二年の時でね。わたしにわかっていることはこうだ。シュウェイガート教授の専門知識は、材料科学にかんするものだ——とくに、どんな物質にもくっつくコーティングだ。無線周波エネルギーを拡散させるようにも、送信させるようにも調整できるコーティングさ」

「わたしの専攻は歴史と経済でして」とジャックはいった。「一般教養専攻者のために、そいつをわかりやすくかみ砕いてもらえませんか？」

「瓶入りのステルスだよ」とピーターはいった。「うちの分析員が正しければ、ベッカは、レーダーをやぶる特性を提供するスプレー式コーティングの製造方法を見つけだしたんだ」

「驚いたな」ジャックはいった。ベッカの発見の重大さがやっとはっきりした。「そして、彼女はその能力を中国に売ろうとしている？」

「よくわからないんだ」とピーターはいった。「科学者というのはときに積極的に関与するが、ときにだまされるものだ。ベッカは国内に入ってからずっと監視下にある。中国人は馬鹿じゃない。われわれが彼らの〈孔子協会〉に断固たる措置をとったので、彼らもアメリカ人が自分たちのあからさまな諜報活動に気づいていると知っている。こうした状況を受けて、われわれは彼らの工作担当官の活動方法に変化があったのに気づいている。スパイとそれをあやつる人間のあいだの会合はいまや、中国の脅威に対抗することにそれほど関心がない国々で行なわれているんだ」

「イスラエルのような」とジャックはいった。

ピーターは肩をすくめた。「わたしはイスラエル人になにもふくむところはないが、彼らはアメリカと中国の大権力争いにかかわるつもりはない。われらがユダヤの友人たちが共謀しているといっているわけではないが、彼らはＭＳＳの工作担当官がテルアヴィヴでアメリカ人のスパイと会おうがひとつも気にしないとも思うよ」

ジャックはピーターがいわんとしていることを考えた。筋がとおっている。どの国でもそうだが、イスラエルはまず自国の生存に関心がある。そして、アメリカと中東唯一の民主主義国は各種の問題で意見が一致しているものの、両国の関係にはいくつかの波風がある。アメリカはイスラエルが中国に武装ドローンを売却したあと、一定期間、制裁を科しさえした。

　それでも、ＣＩＡ局員が示唆していることには、しっくりこない部分がたくさんある。ベッカ自身を見てみよう。彼女は訓練を受けたスパイの自覚や街角で身を守るための知識をまったく見せていなかった。それどころか、彼女は、特別な支援を必要とする息子といっしょに待ち望んでいたバカンスを楽しむ母親のようにふるまっていた。

　それにトミーがいる。

　伝説的な工作員のメアリ・パット・フォーリは、鉄のカーテンの向こうで暮らしながら、夫と共同で情報収集活動を運営していたことで有名だが、ふたりとも〈ザ・ファーム〉で訓練を受けたＣＩＡの工作担当官だった。そしてその場合でも、ジャックはメアリ・パットが自分の子供のひとりを小道具に利用して危険にさらすとは想像できなかった。ベッカは情報局員ではなく科学者だ。彼女にはメアリ・パットのような技量はまるでなく、母性本能があるばかりだ。ベッカはトミーの命を故意に危険にさらしたりしないだろう。

しかし、ジャックの頭を悩ましているのはそれだけではなかった。

「わかるんですがね」とジャックはいって、ピーターをじっと見た。「でも、もしベッカが中国人のために働いているとしたら、なぜ連中は彼女を殺そうとしたんです?」

ジャックは、できるだけいまふと思いついたような口調で質問するように気をつけた。それでも、彼の言葉は室内の力関係を変えた。またしてもジャックは、だるまストーブの熱のように、工作員が発する緊張を感じ取ることができた。なにかが表面下でいまもぐつぐつと煮立ち、鍋はいまにも噴きこぼれようとしていた。

「じつをいうと」とピーターはいった。「われわれは困ったことになっている」

「われわれとは?」

「わたしのチームだ」

「あなたのチームはどこです、ピーター?」とジャックはいった。

ピーターはしばらくのあいだ、ジャックを見つめていた。ジャックは慎重に無表情をつづけたが、心臓は早鐘のように打っていた。ベッカを追うふたつのチーム。ひとつは彼女に死んでもらいたがっていて、もうひとつは生きていてもらいたがっている。ジャックが二度格闘した男がアジア系だったのは事実だが、ジャックには彼が本当に中国人なのか見当もつかなかった。

ジャックがほかの男たちの顔をひとつも見ていないというのも事実だ。ゾディアックのチームはあまりにも速く来襲して去っていったので、ジャックには見る暇がなかったし、ベッカとトミーを誘拐したガンマンたちは全員、覆面をかぶっていた。しかし、ジャックが覆面をはいだ男は、アジア系ではなかった。

男は白色人種だった。

ピーターと同じように。

「きみはディングのことをどれぐらいよく知っている?」ピーターはそういって、ジャックの考えごとに割って入った。

「かなりよく」とジャックは答えた。

「〝かなりよく〟とは、どれぐらいだね?」

ジャックは口ごもって、どう答えようかと思案した。ディングにかんする質問に彼は虚を突かれた。ピーターはあきらかになにかに神経質になっていて、彼の態度は、ジャックがベッカにかんして立てた仮説と考え合わせると、しっくりこなかった。しかし、もしピーターと彼のチームが、ジャックが恐れているように殺し屋だとしたら、なぜディングについてたずねるのだろう?

ジャックはイスラエルに発《た》つ前にディングとかわした短い会話をふりかえった。友人がピーターとの関係を説明するために使った言葉を正確にはおぼえていなかったが、ある言葉だけははっきりと思いだした。

〝ピーターのことはわたしが保証する〟

隠密活動の業界では、この一節にこめられた気持ちは、言葉がふくむ以上の意味を持っている。誰かのことを保証するのは、その相手になら命をあずけられるといっているに等しい。昔のマフィアのように、自分の名誉は相手の名誉の延長線上にあると。実質上、それはジャックがピーターをディングだと思えという意味だった。もし自分に質問したのがディングだったら、ジャックはどうするだろう？

彼に本当のことを話す。

ジャックは深呼吸をすると、疑念を捨てて、ディングを信頼した。

「ドミンゴ・シャベスはわたしの指導役です」とジャックはいった。「われわれは同じ組織で働いていて、わたしはなにからなにまで彼の世話になっている。彼からこの仕事を引き受けるようにたのまれたとき、彼はあなたのことを保証した。わたしにかんするかぎり、あなたはディングです」

ピーターは長いため息をつき、緊張が風船の空気のように彼の体から抜けていった。

「いいだろう、若いの」とピーターはいった。「この件では、少し先走りしすぎたようだ。わたしはドクター・シュウェイガートが中国の情報資産だとは思っていない。すくなくとも、いまはもう」

「いまはもう？」ジャックはいった。

ピーターはうなずいた。「彼女が最初にイスラエルに来たときには、はっきりわからなかった。ＦＢＩはアメリカ国内でしばらくのあいだ彼女を監視していた。彼らは中国人がこそこそ嗅ぎまわっているのは知っていたが、ＭＳＳが最初の働きかけの準備をしているのか、それともすでに彼女を動かしているのかはわからなかった。すると、彼女はイスラエルへの旅行を予約したんだ」

「それで彼女はＦＢＩの力のおよばないところに出てしまった」とジャックはいった。

ピーターはふたたびうなずいた。「ああ。だからＦＢＩは情報をＣＩＡに伝達したんだ」

「じゃあ、ＦＢＩ《フィビーズ》とＣＩＡ《スプークス》は仲が悪いだなんて、どこのどいつがいったんでしょうね？」

ピーターはにやりとした。「話の残りを聞くまで判断は保留したほうがいいかもしれないぞ。とにかく、ＣＩＡ《エイジェンシー》はイスラエルで積極的な監視任務を遂行するのにあまり乗り気ではなかった。というのも……」

「そこがイスラエルだから」

「そのとおり。イスラエル人は、こと対敵諜報にかんするかぎり、容赦しない。連中が自分たちの裏庭で作戦を遂行する外国のチームに注目していることはわかっていた」

「そこで、彼らに注目させるために情報資産検証作業をあたえた」とジャックはいった。「それで呑《の》みこめました。でもなぜシン・ベトと合同作戦を遂行しようとしなかったんです？」

「いい質問だ、若いの。ここから話はややこしくなる」ピーターは携帯電話を取りだすと、何度かスワイプしてから、機器を差しだしてジャックに見せた。

「この男を知っているか？」

　ジャックは画面を見つめて、それからゆっくりと首を横に振った。にごった褐色の髪に黒い目をした平凡な中年男の写真だ。「いままでに一度も見たことはありません」

「それはこの男が存在しないからだ」とピーターはいった。

「いまなんと？」とジャックはいった。

「ドクター・シュウェイガートは、休暇でここにいるわけじゃない。すくなくとも、完全にはね。テルアヴィヴ大学が彼女の専門分野で学会を開いているんだ。偉大な頭脳が全世界から出席のために飛行機でやって来ている。この男も確認された出席者リストに載っている。ドクター・シュウェイガートが組織しているような研究室に投資するベンチャー資本を運営している」

「彼女は投資家を探しているんですか？」とジャックはいった。

「まちがいない。しかし、彼女の関心はたんなる職業的な領域を越えているのかもしれないとわたしは思っている。ホテルには室内保育の用意があり、彼女はひと晩、シッターを予約した。彼女とこの颯爽《さっそう》とした産業界の船長は学会の社交行事のあとに会う計画をしている」

ピーターはその発言を淡々と事実を述べるように口にしたが、それでもジャックはベッカをかばってやりたい気分になった。

「彼女は大人の女性だ」とジャックはいった。「彼女の問題は彼女の問題です」

「まったく同感だよ」とピーターはいった。「ただしひとつ問題がある――この男は、自分がいっているような人物じゃないんだ」

「それはどういう意味です？」とジャックはいった。「実際には、ベンチャー資本を運営していないと？」

「やつが代表をつとめる科学技術ファンドは実在する。実際に、ちょうどドクター・シュウェイガートのような科学者たちの複数の研究に投資している。やつは方程式の疑わしい部分なんだ」

「どういうふうにです？」とジャックはいった。

「やつはかなり入念に身分証明書や隠れ蓑などの支援手段《バックストップ》を用意しているが、うちの事務屋のひとりが、たまたまこの男が履歴書に載せているのと同じＭＢＡ課程を卒業していてね。卒業生の人脈はかなり密接なんで、少し探りを入れてみたのさ。カサノヴァくんの同期卒業生の誰ひとり、やつのことをおぼえていなかったよ」

ジャックはそれが意味するところをじっくりと考えた。「やつは色仕掛けの罠《ハニー・トラップ》を仕掛ける情報局員だというんですか？」

「わたしの推理はそうだ」とピーターはいった。「やつはまちがいなくアジア人ではないし、アメリカなまりの完璧な英語を話す」

ジャックは写真をしげしげと見ながら考えこんだ。男は複数の国の人間として通りそうだ。

イスラエルをふくめて。

「やつはモサドだと思いますか？」とジャックはいった。

ピーターは肩をすくめた。「さっきいったように、イスラエル人たちは容赦しない。だが、もしスパイの募集がイスラエルの国内で起きようとしているのなら、近づいてくるのはたぶんモサドではなくシン・ベトだろう。いずれにせよ、もしわれわれの謎の男がイスラエル人なら、アメリカ人になりすます理由はない。テルアヴィヴにはアメリカの新興企業に金を投資しようとするベンチャー資本ファンドが山ほどある。いや、もしわたしが推理しなければならないとしたら、この男はべつのチームのスター選手だ。われわれは中国があの優秀なドクターに関心を持っていることは知っていた。噂《うわさ》によれば、連中は中国版のテクノロジーの開発に取り組んでいるらしい。わたしはＦＢＩがまちがっていて、ベッカはアメリカ国内でＭＳＳから売りこみを受けたのだと思う。彼女はそれに気づかなかったか、あるいは報告しなかった。いずれにせよ、彼女はきっと連中をはねつけた。いまや中国は彼女を亡《な》き者にしたがっている」

「そして、あなたは彼女を餌に利用した？」とジャックはいった。血圧が上がってきた。「彼女に関心がある中国か、あるいはほかの誰かをおびき寄せるために？　すばらしい。あなたがたくそ野郎どもが彼女を見失うそのときまではね」

「まあ、おちつけ、若いの」とピーターはいった。「それは悪い判断だったか？　まったくそのとおりだし、わたしはその責任をすべて負うよ。だが、われわれは彼女を見失ったわけではない。すくなくとも、完全にはね」

「どういうことです？」とジャックはいった。

「われわれは彼女に発信器をつけたんだ。装置には長寿命バッテリーが入っていて、応答指令信号を受け取ったときにだけ送信する。発見はきわめて困難だ」

「彼女がまだそれをつけているとどうしてわかるんです？」とジャックはいった。

「彼女を捕らえたのが情報機関の連中なら、発信器を探すでしょうね。見つからなくても、彼女の持ちものをなにひとつ身につけさせないでしょう。下着ですら」

「こいつはわれわれのはじめてのロデオ大会ではないんだよ、若いの」とピーターはいった。「発信器をつけている人物はドクター・シュウェイガートではないんだ」

ジャックはピーターをまじまじと見つめた。「〈キャプテン・アメリカ〉のフィギュアか。あんたがたは、彼女の自閉症の息子の玩具《おもちゃ》に、あんたがたの発信器をつけたのか？」

「そう偉そうにするな」とピーターはいった。「悪者どもが見つけたら、発信器もそう役には立たんさ、なあ、そうだろう？　われわれは彼女がどこにでもつれていくものを利用する必要があったんだ」

「じゃあ、なにを待っているんです？」とジャックはいった。「発信器に応答指令信号を送りなさい」

「そうしたいがね。うちのチームの残りが、こうして話しているあいだにもテルアヴィヴ全市に散らばっているが、連中はまだなにも見つけていないんだ。われわれは発信器が送信機の電波のとどかないところにある可能性が高いと考えている」

「じゃあ、彼女は消えてしまったのか」とジャックはいった。

「そうじゃないかもしれないぞ」とピーターはいった。「もっと強力な送信機を持つ友だちがどこかにいれば……」

「ちょっと待った」とジャックはいった。「あなたたちはイスラエル人に無断でこの作戦を遂行していたのに、いまわたしに、彼らに助けをもとめに行けというんですか?」

「いったとおりだ、若いの。われわれは困ったことになっているんだよ」

ジャックはピーターを見つめて考えた。イスラエル人たちは、ジャックにたいする彼らの疑念が正しかったと知ったら、たとえジャックが事情を知らなかったとしても、じつに険悪な雰囲気になるだろう。友好諸国は常時、おたがいの国内で未申告の情報活動を遂行している。重要なのは、その過程でとんでもないへまをしでかしたりせずに、同盟国にもっともらしく関与を否定できる口実をあたえることだ。このささやかな冒険は、とんでもない規模の手に負えない状況になりつつあった。

それはそれとして、ベッカとトミーの命はいま危険にさらされている。もしジャックが首《こうべ》を垂れてイスラエル人たちのところへ行く必要があるのなら、そうしようじゃないか。

「いいでしょう」とジャックはいった。「じゃあ、こういう具合に進めます。このスパイかもしれない謎の男についてつかんでいることをあらいざらいと、発信器の情報をください。わたしはイスラエルの友人たちを訪問する。だが、こうなったのは、あなたのチームのへまのせいですからね。あなたには事態を正常にしてもらいます」

「ディングはだてにわたしのことを保証したんじゃないんだよ、若いの」とピーターはいった。「自分が誰にどんな借りがあるか思いださせてもらう必要はない。あの女性とその息子を見つけだすんだ。もしイスラエル人たちが怖《お》じ気《け》づいて、腕っ節の強い連中が何人か必要になったら、電話をかけてくれ。うちの連中とわたしが準備する」

ジャックはまだ腹を立てていたが、それでもうなずいた。すんだことはすんだことだ。あとで方《かた》はつけられる。いまはベッカとトミーを誘拐したやつらが逃げる前に、やつらに近づくことに集中する必要がある。依然としてむずかしい注文だが、すくなくともいまは、とっかかりができた。

そして、かけるべき電話も。

# *30*

「もしもし」

携帯電話の向こうの声は、疲労と怒りを半々ににじませていた。ジャックにはその気持ちがわかった。ジャックはあの笑顔のシン・ベト局員のことをほんの数時間しか知らなかったが、タルは彼の心にこっそり入りこんでいた。誰にも真似《まね》できないあの笑顔が二度とふたたび部屋を活気づけることはないと知って、彼女の友人や同僚たちがどんな思いでいるかは、想像もつかなかった。

「ジャックだ」彼はそういって、携帯電話を耳にあてながら、目の前の道路を見わたした。

「ジャックか」ドゥドゥの言葉は、口に砂利をふくんだようにひび割れていた。「こっちからかけるといっただろう」

「そしてわたしは答えを見つけるといった。見つけたよ」

「なんだと?」

「会って話そう」とジャックはいった。「迎えに来てくれ。場所は——」

「その電話をやったのはわたしだぞ」とドゥドゥはいった。声に荒っぽさが戻った。

「きみがどこにいるかはわかっているさ。西へ二ブロック歩いたら、銀色のタクシーを探せ。メールで住所を送るから連中に見せるんだ。そうしたらわたしのところへつれていってくれる」

〝わたしのところへつれていく〟というのは、ジャックがタルと彼女のもっと筋骨たくましい相棒とはじめて知り合った地味な建物よりもう少し格式のある場所への招待であることがわかった。タクシーは、ここは〝政府〟だと高らかに宣言しているも同然の建物の前でジャックを降ろした。三重らせんの有刺鉄線が載った金網の柵《さく》、うろつく警備員、いたるところにあるカメラ。

もし前の場所がシン・ベトの考える目立たないように行動するということを体現しているとしたら、この建物の目的は、その高層の正面のなかで重要な問題が決定されていると世界に叫ぶことだった。ジャックの熟練した目には、目の前の建築はＦＢＩの本部であるフーヴァー・ビルのイスラエル版のように見えた。

悪党どもよ、用心しろ。

ジャックが防弾ガラスの向こうのあまり友好的ではなさそうな警備員のところへ歩いていくべきか、それともこのままドゥドゥにもう一度、電話をかけるべきかと思案していると、金属製の防弾ドアが開いて、ドゥドゥが出てきた。

「どういうことだ?」とシン・ベト局員はたずねた。

またしてもジャックは自分が作戦上の相棒ではなく手間のかかるスパイの役回りを演じている気がした。それはかまわない。彼はこのイスラエル人に好かれるようなことはほとんどなにもしていなかったし、ふたりのあいだの職業的な不信感はおたがいさまだ。それでもジャックは賢明だったので、これがもはや自分のパーティでないことは理解していた。もしダンスに行きたかったら、自分が誘い甲斐《がい》のあるデートの相手であることを証明する必要があった。

「彼女を見つけられる」とジャックはいった。

「どうやって?」とドゥドゥはたずねた。

「彼女は発信器をつけているんだ」

「どうして?」

正念場だ。ジャックはタルとドゥドゥとはじめて交流して以来、ずっと綱渡りをしてきた。最初からシン・ベトの局員たちは彼がただのアメリカ人旅行者ではないと知っているようだった。タルが死んだあとの会話のなかで、ドゥドゥはふたたびそのようにほのめかした。ジャックはシン・ベトの局員たちの結論を止め立てしなかったが、認めもしなかった。

そして、それには理由があった。

ジャックは自国の政府から公式に承認すらされていない情報機関で働いている。外国の情報局員に正体をあかすことはもちろんできない。それに、ピーターのチームのことも考慮しなければならない。たしかに、シン・ベトはピーターの部下たちもいっしょに照準にとらえているようだが、誰かがスパイだと考えるのと、それを知るのとは同じではない。

とはいえ、ジャックは工作担当官と工作員の世界で駆け出しの新米ではなかった。現場の古株がよくいうように、遊ぶのなら金をはらわねばならないのだ。威圧的な建物に入れてもらうには、タルを殺してベッカとトミーを誘拐した連中を見つけるのを手伝ってもらいたいというだけではじゅうぶんではない。

遊ぶなら金をはらわねばならない。

「ベッカはアメリカ政府にとって関心ある人物だ」とジャックはいって、太古の昔から諜報活動のプロたちによって踊られてきた古いダンスをはじめた。求婚者の関心を引きつづけられる程度にいちゃいちゃしろ。ただし、最初のデートですべてをあたえてはいけない。

「はいはい」とドゥドゥはいうと、手を振ってジャックにもっと速く話すようにうながした。「彼女が科学者で、学会に出席するためにここに来たのは知っている。目新しい話じゃない」

「ただの科学者じゃない」とジャックはいった。「彼女は材料科学の分野で奇抜なものを開発したんだ。わたしは一般教養で学位を取ったので、くわしく説明はできないが、うちの連中はそれを瓶入りのステルスと呼んでいる」

ジャックはドゥドゥが並はずれたポーカーの名手だということに賭けてもいいと思った。彼の顔はまったく表情を変えなかったし、目も見開かれなかった。完璧な無表情だ。

ほぼ完璧な。

ドゥドゥの右手の指は、さっきまでジャックに先を話せとせかしていたが、それがぴくりとも動かなくなった。ジャックはこのイスラエル人の注意を引いていた。

「彼女は発信器のことを知っているのか？」とドゥドゥはいった。

ジャックは首を横に振った。「いや。気づいていない」

「なぜ彼女にそんなことをした？」

ここに来てまた、ジャックは慎重に歩かねばならなかった。人々はべつなふうにロマンティックに考えがちだが、国家と国家のあいだに真の同盟関係はない。共通の関心があるだけだ。ジャックは自分とドゥドゥがふたりとも、ベッカが救出されて、タルを殺した連中が裁きを受けるよう手配することへの関心を共有していると信じていた。しかし、ベッカを見つけだすことが実際には、現在のステルス技術にそれほど壊滅的な影響をあたえるとしたら、アメリカと主権国家イスラエルの関心はたちまち別々になるかもしれない。

ジャックはそうならないようにつとめる必要があった。

「われわれは彼女が外国の情報機関のターゲットになっていると考えていたが、確信はなかった。ＦＢＩは彼女とその研究をずっと監視していた。彼女がイスラエル旅行を計画した段階で、彼女の管轄《かんかつ》はわたしの組織に移ったんだ。われわれは、対監視チームの注意を引く危険を冒さないように、彼女を物理的に監視するかわりに発信器をつけた」

「きみたちは彼女を利用して、彼女をターゲットにする機関を特定したかったのか?」とドゥドゥはいった。「そういう具合には行かなかったが」

「そのつもりだった」とジャックはいった。

「われわれのところに来てさえいたらなあ」ドゥドゥはそういって、やれやれというように首を振った。

「たぶんそうすべきだったかもしれない」ジャックはいった。「だが、すんだことはすんだことだ。わたしにわかっているのはこうだ――われわれの科学者はいなくなり、タルは死んだ。問題はだ、あんたとわたしがそれをどうするか?」

「いまは協同作戦の用意があるというわけか?」ドゥドゥはいった。雄牛のように太い首筋が赤らんでいく。「なにもかもおしゃかになったあとで?」

「わたしはうちの政府の話をしているんじゃない。自分の話をしているんだ。力になりたい」

「どうやって?」

「発信器を提供しよう。だが、わたしも救出作戦に参加させてもらう」

「なぜだ?」とドゥドゥはいった。「あの女性はイスラエルの国内で捕らえられたんだし、イスラエル人が彼女を守るために命を落としている。これは〝青と白〟の問題なんだ。どこかのアメリカのカウボーイじゃなくな」

〝カウボーイ〟という言葉で、ジャックは両頬に笑窪を作って笑うブルネット娘を思い浮かべた。いまや顔の半分をなくした、笑顔のブルネット娘を。そのイメージが心にしっかりと焼きついているせいで、ジャックには、これからいうことのために声をむりに厳しくよそおう必要がなかった。

「これはわたしにとっても個人的なことなんだ、ドゥドゥ。わたしはベッカと彼女の息子を取り返したい。だが、タルを殺したくそ野郎が眉間《みけん》に銃弾を食らうとき、その場にいたいとも思っている」

ドゥドゥはしばらくのあいだジャックを見つめていた。その顔は御影石《みかげいし》の石板のように無表情だ。それから彼は口を開いた。

「きみは半分イスラエル人かもしれないな、ジャック・ライアン。ついて来い、そしてお願いだから、なにもさわるんじゃないぞ」

# 31

ジャックは〝なにもさわるんじゃないぞ〟という指示が芝居がかった効果を狙ったものだと思っていた。そうではなかった。ドゥドゥは文字どおり、そびえ立つビルのなかでは、なにひとつさわるなと注意していたのだ。そして、ジャックがその理由を知るのに長くはかからなかった。ジャックが、磁気探知機や全身スキャナー、彼にはその機能がとうてい理解できそうもないそのほかのいくつかの装置がそろった玄関ホールに足を踏み入れたときから、彼は自分のＤＮＡサンプルを取ろうとする職員に三度も接近された。

最初のこころみはきわめて直接的だった——綿棒を差しだしながら顔に笑みを浮かべてジャックを引き留めた警備の女性。ドゥドゥはヘブライ語の一喝でそれをやめさせた。なにをいったかはわからなかったが、口調は疑いようがなかった。女性は顔をしかめてしぶしぶしたがったが、彼女の褐色の目に浮かんだ抜け目ない光は、このゲームがけっして終わってはいないといっていた。つぎに来たのは差しだされたバッジで、ジャックは考えずにそれを受け取ろうと近づいた。またしてもドゥドゥが彼にかわって介入し、プラスチックを横取りすると、自分でジャックのシャツにバッジを留めた。

　そのあと、ジャックは理解した。ここの人間たちは来訪者をこころよく受け入れない。しかも、実際に現われる来訪者は、たぶん偽名を名乗っている。そのことを考慮して、イスラエル人たちは、アメリカの客人の生体認証を厳重に管理するために最善をつくし、ドゥドゥは彼らの目論《もくろ》見《み》を阻止するために精いっぱい努力していた。

　またしてもジャックは自分がこのシン・ベト局員の評価を見なおしていることに気づいた。ドゥドゥの最初の評価は、粗野で頭が悪く、いやな野郎だった。それはいまでも正しく思えたが、ジャックはいまや信頼の輪のなかにいた。それはつまり、元コマンドー隊員の好戦性がほかに向けられるということだった。

　ジャックは最初のやりとりのあいだずっと黙ったままで、ドゥドゥに自分の仕事をさせて満足していた。しかし、二基のエレベーターのほうへ大理石の玄関ホールを横切って、ドアが閉まると、ジャックは沈黙を破ることにした。

「いったいどうしたんだ？」とジャックはいって、シン・ベト局員のほうを見た。

ドゥドゥは分厚い肩をすくめた。「われわれはイスラエル人だ——諜報活動はわれわれの血筋なんだよ。なにもさわらなければ、きみの隠れ蓑は無傷のままのはずだ」

「〝はずだ〟？」とジャックはいった。

また肩をすくめる。「いっただろう、われわれはイスラエル人だ」

そういうとドゥドゥは黙りこんだので、彼にかんするかぎり、この話題は打ち切りということらしかった。しかし、ジャックの視点では、この話題は棚上げにはほど遠かった。ジャックはいままでラングレーのCIA本部に行ったことはなかったが、メアリ・パットがまだCIA職員だったころ、ディングがラングレーに彼女を訪ねていったと話すのを聞いたことがあった。CIAの警備は厳重だが、唾液《だえき》のサンプルをこっそり手に入れようとすることにかんしては、一線を引いていた。

ジャックはドゥドゥが警備員に自分の存在をどう説明したのか知らなかったが、もしふたりの役割が逆転していたらジャックが使ったような、いつもの連絡係のふりではまちがいなくなかった。彼がその問題をさらに追及しようとしたとき、エレベーターのドアがさっと開いて、目的地が目に飛びこんできた。

ジャックは柄にもなく目をまるくした。父親がアメリカ合衆国大統領だと、人生にはいくつかの特典がついてくる。そのひとつは、ほとんどの人間が本や映画をつうじてしか経験できない有名な政府の建物をその目で見られることだ。ジャックは、ホワイトハウスの本館《エクゼキュティヴ・レジデンス》は自分の好みには少し狭すぎると思ったが、面積四百六十五平方メートルのジョン・F・ケネディ会議室、別名シチュエーション・ルームは、仰々しい宣伝に応えてあまりあった。

9・11同時多発テロ事件後の二十年間に、室内は完全に改装されていた。西館《ウェスト・ウィング》の地味な仕事場にしばしばただよう、よどんだ空気とちがって、シチュエーション・ルームはまさに世界でもっとも影響力のある男あるいは女の指揮センターらしく見える。

大統領とそのスタッフは、ぴかぴかの茶色いテーブルを取り巻く豪華な革張りの椅子から、地球上のどのセンサーからの情報監視偵察《ISR》ライブ映像を見ることも、デルタ・フォースの襲撃班が高価値目標を逮捕するのをリアルタイムで見守ることも、アパッチ・ヘリコプターの熱センサーをのぞきこむこともできる。この地下壕《ごう》から、提督たちや将軍たちは、自国の男女戦闘員をほとんど個々の兵士レベルまで指揮統制することが可能だ。ここはまさに、宇宙船エンタープライズ号のブリッジに相当する。

しかし、シチュエーション・ルームも、いまジャックがいる場所とはくらべものにならなかった。

彼はブルペンを見おろすバルコニーに立っていた。何列もの机には、ヘッドセットをつけてコンピューターのキーボードを叩く男女が座っていた。さらなる人員が、花のあいだを飛びまわる蜂《はち》のように、ワークステーションからワークステーションへとせわしなく動きまわっている。声を抑えた何十という会話のざわめきが空間を満たしている。しかし、一階のブルペンはたしかに壮観だったが、ジャックの目を引いたのは、部屋の正面だった。

巨大な三つの平面型ディスプレーが、床から天井まで壁一面をしめていた。

各ディスプレーの上には、ヘブライ文字が記され、周回する飛行機かドローンからのライブ映像を映しだしているようだ。ただし、巨大なディスプレーは、プレデター無人機からのただの生々しい映像以上のものを見せていた。無人機からの映像は、ワイドスクリーン・テレビの画面分割表示のように、巨大なディスプレーの小さな部分を占めているにすぎなかった。それ以外の部分は地方の地図で構成され、そこに作戦用の画像やリンク系統図、あらゆる種類の情報が詰まったポップアップ・ウィンドウがかさね合わされていた。

ジャックはなにが提示されているのか完全には理解できなかったが、宇宙船に出くわした原始人のように、それが限りなく複雑なものであることはわかった。

「ようこそ」とドゥドゥはいった。あきらかにジャックの反応を楽しんでいる。

「これはなんだ？」とジャックはいった。

「イスラエルの神経中枢《ちゅうすう》さ。われわれはきみたちの国家テロ対策センターをお手本にしたんだ。世界が思っていることとはちがって、わが国の安全保障を左右する決定は、首相の執務室やモサドの本部で下されるわけではない。ここで下されるんだ」

ジャックが見守っていると、巨大なスクリーン上でウィンドウが開いて閉じ、テーマからテーマへと移って、無数の分析員の作業成果物がリアルタイムで表示された。

「誰がこれを操作している？」

「彼らさ」とドゥドゥはいって、肩ごしに指さした。

ふりかえったジャックは、さらにべつのレベルの円形舞台を見た。しかし、ブルペンとちがって、この階層は、ドレスとスーツ姿の男女で占められていた。

責任者だ。

「つぎはなんだ？」とジャックはいった。

「われわれは彼女と話をする」とドゥドゥはいって、小柄なブロンドを指さした。髪の毛をひっつめてお団子にして、壇の端に座っている。「もし彼女がきみの提案に賛成したら、われわれは仕事に取りかかれる」

「そして彼女が賛成しなかったら?」とジャックはいった。

またがっしりした肩がすくめられた。

「出ていくときになにもさわるんじゃないぞ」

# 32

ジャックはドゥドゥのあとから、円形劇場の二階へとつづく壁のないらせん階段を上りながら、避けられない作戦後の情報聴取でこのことをディングにどう説明するか考えだそうとした。ジャックが目玉の高さまでトラブルにどっぷりつかっているのはたいしたことではない——じつのところ、それはよくあることだ。そうではなく、むしろ問題はジャックの冒険が彼をどこへつれていったかだった。

〝そこで、わたしの新しいシン・ベトの友人は、わたしをイスラエル版の国家テロ対策《NCT》センター《C》につれていったんです〟

そう、この話はまちがいなく少々のごまかしが必要になる。さいわい、ジャックは最後の踏み段をのぼって、小柄のブロンドと対面したとき、この一連の苦痛な物思いから解放された。近くで見ると、その女性はジャックが最初に思ったより歳がいっていることがわかった。こまかい皺《しわ》が、どぎまぎするほど青い目から蜘蛛《くも》の巣のように広がり、走る白髪が彼女の髪にアクセントをつけている。口が笑い皺にかこまれているのは、少し皮肉だった。なにしろ彼女の物腰には、彼女が陽気な気分であることをうかがわせるものはなにひとつなかったからだ。

「どなた？」と女性はいった。

スラブ系のなまりから、イスラエルは彼女の生国ではなく第二の故郷であることがうかがえた。それ自体は、人口のゆうに三分の一がかつて移民だった国ではめずらしいことではない。しかし、女性が背もたれのない丸椅子のへりにちょこんと腰掛けたまま、フレームのない眼鏡のふちごしにジャックをのぞきこむ態度からは、彼女が第二の故郷にかなりうまく順応していることがうかがえた。ジャックはつぎの餌食《えじき》を値踏みする猛禽《もうきん》類の前に立たされているような気がした。ドゥドゥがヘブライ語で話しだし、あきらかに彼女の質問に答えようとしたが、女性は指を一本立てて話を途中でさえぎった。

「あなたに聞いたのではありません」女性はジャックから片時も目を離さずにいった。「あなたにはあとで話がありますけどね。わたしは彼に聞いたのです」

彼女が〝彼〟という言葉にこめた強調は、とりわけ不快な虫をジャックに連想させた。

「ジャックといいます」とジャックはいった。「誘拐されたアメリカ人を発見するお手伝いをするためにここに来ました」彼は女性の上にそびえていたが、それでもそわそわしたくなる衝動と戦う必要があった。彼は一瞬のうちにその理由を理解した。彼は自分の母親のイスラエル版と向き合っているのだ。

「もちろんあなたはここに手伝いに来た」と女性はいった。「アメリカ人はいつも手伝いたがる。教えて、アメリカ人のジャックさん、なぜわたしがあなたの手伝いを必要とするの?」

「失礼ながら」ジャックは声に少し厳しさをこめていった。「ここの設備はじつにみごとです。たぶんわたしが見たなかでいちばんだし、信じていただきたいが、これはたいしたことです。しかし、わたしのある友人がかつていったように、世界一のテクノロジーも人間による諜報活動《HUMINT》がなければ役に立たない。わたしの見るところでは、あなたにはきれいな照明がたくさんあるが、こと実用的な情報にかんしては、なにひとつ持ち合わせていない」

ドゥドゥは身をこわばらせたが、ジャックはシン・ベト局員のことを無視した。外交交渉には時と場所があるかもしれないが、いまはそのときではなかった。壜《びん》入りのステルスの秘密を知っている女性とその幼い息子は、殺し屋たちの手中にある。イスラエル人と仲良くするのは後まわしにしなければならないだろう。

「その友人とやらだけれど」女性は外科医の正確さでひと言ひと言話した。「彼の名前は?」

「彼女の名前はメアリ・パット・フォーリです」とジャックはいった。「お心当たりがありますか?」

「たぶんね」と女性はいった。依然として仮面のような無表情でジャックを見ているが、その視線はいまやいらだちより興味をいだいているようだ。「でも、その名前を知っていたとしても、あなたの名前は知りません。どちらさま?」

「消えた女性の発信器を作動させる周波数を知る男です。そいつが入り用ですか?」

ドゥドゥが小声でつぶやいたが、またしてもジャックは友人を無視した。こうなったら最後までとことんやるだけだ。

「渡しなさい」と女性はいった。

「よろこんで」とジャックはいった。「あなたが彼女を救出するために派遣するチームにわたしが同行できると約束していただければ、ただちに」

すると女性の薄い唇がたしかにほころんで笑顔になった。しかし、ジャックがずっと心に思い描いているあの笑顔ではなかった。

「わたしがなぜその馬鹿げた提案に同意するの？」

「なぜならそれがわたしの報酬だからです」とジャックはいった。「そしてそれをあなたにはらってもらう」

女性の陶器のような顔立ちが赤らみ、青い瞳が怒りできらめいた。彼女は答えかけたが、ジャックがそれをさえぎった。

「無礼をはたらくつもりはありませんが」とジャックはいった。「ですが、わたしは外交官ではないし、時間もないので、率直に話しましょう。わたしの計算では、あなたはすくなくともふたつの準軍事チームを国内で活動させている。それはつまり、あなたの国内保安機関に問題があるということだ。その問題は、組織の無能さか、二重スパイ《もぐら》か、それともまったくべつのなにかかもしれない。これまでシン・ベトといっしょに活動したことはないが、彼らの評判は無能さとは無縁だ。それはつまり、ほかのなにかがここにからんでいるということだ。わたしにはそのなにかの正体がわからないし、あなたも知らないことによろこんで賭けるつもりだ。しかし、捕まったアメリカ人から情報を聴取すれば、正しい方向をあなたに指ししめす役に立つのではないかと思う」

「発信器の情報をよこしなさい」と女性はいった。「あなたに手伝ってもらわなくてもわたしたちは完璧に教授を救出できる」

「わたしが急襲チームに同行しなければなにもはじまらないんだ」とジャックはいった。「彼女はイスラエル国内で誘拐されたかもしれないが、ベッカはうちの政府がきわめて重要と判断した知識を持っている。うちの特殊任務部隊のひとつが、アメリカの全重圧と権限をひっ提げて、すでにこちらへ向かっていることに、わたしはよろこんで賭けるつもりだ。彼らのジェット機の車輪がベン・グリオン空港の滑走路についたとたんに、この事件におけるあなたの役割はおまけ程度になるだろう。われわれはいますぐこれをいっしょにやることも、これがアメリカの作戦になるのをあなたが指をくわえて見ていることもできる。きめるのはあなただ」

しばらくのあいだ、女性はなにもいわなかった。それでもジャックは彼女の怒りの重圧を受けて一歩後退しないように足をふんばらなければならなかった。徒《と》手空拳《しゅくうけん》で雌ライオンに立ち向かうとき、勇気は唯一のたよりだ。一度でもひるんだり、一度でも弱みを見せたら、すべては負けだ。沈黙が長引くあいだ、女性は薄い唇を細い人差し指でとんとんと叩いていた。

それから彼女は口を開いた。

「苗字《みょうじ》はないのに重要な友人たちはいる男がひとり、ずかずかとわたしの家に上がりこんできて、わたしの助けをもとめている」と彼女はいった。「アメリカ人でも普通はこんなにずうずうしくないけど」

女性の目が開かれた。

「どこかで見た顔ね、苗字のないジャックさん」と彼女はいった。「でもここはアメリカではなくイスラエルなの」

「わかります」とジャックはいった。

女性はうなずいた。「それで、この誘拐されたアメリカ人はあなたのどういう人なの？」

「今朝までの話ですか？」とジャックはいった。「誰でもありません」

「じゃあ、なぜほとんど知らない誰かのためにこんなことをするの？」

今度はジャックが答えを考えるあいだ間を置く番だった。頭のなかに言葉が浮かんでくる途中で、彼が考えていたのは、世界のパワーバランスを揺るがすかもしれないなにかを発見した教授のことではなかった。そうではなく、ジャックは、くたびれたアクション・フィギュアを握りしめたぽっちゃりとした指を思い浮かべていた。

「なぜならそうするのが正しいことだからです」とジャックはいって、座った雌ライオンと目と目を合わせた。

「あなたたちアメリカ人ときたら」女性はそういって、やれやれというように首を横に振った。「どこまでもボーイスカウト気取りね。いいでしょう、苗字のないジャックさん。救出作戦に同行してもいいわ。満足した？ それとも公式のレターヘッド入り便せんにわたしの返事を書いてもらいたい？」

「いいえ、その必要はないでしょう」ジャックは女性のあてこすりを無視していった。

「あなたの言葉がじゅうぶんな保証だ」

女性が歩きまわっている技術者のひとりに手を振ると、ジャックは発信器に応答指令信号を送るのに必要な情報を彼に提供した。男はジャックの指示を確認すると、それからそれをブルペンで働く人間に伝達した。長い数秒間、一団は無言で待った。ドゥドゥはそわそわと片脚から片脚へと体重を移し、ジャックのほうはこみ上げる吐き気をこらえて、自分にできる最高のポーカーフェイスをつづけようとした。

そのとき技術者が口を開いた。

「発信器を捉えました」

「見せて」と女性がいった。

いちばん中央のスクリーンの画像がぼやけて縮尺が変わり、ズームアウトしてから、新しい座標に中心が合った。つぎの瞬間、ピクセル表示が安定して、発信器の位置がコバルト色のちっぽけな点となって現われ、非難する指先のように脈打った。

女性は笑い声をあげ、いっぽうジャックは出かかった汚い言葉を呑みこんだ。彼が思っていたのに反して、発信器はテルアヴィヴ市内にはなかった。

イスラエル国内にさえなかった。

「さてと、アメリカ人のジャックさん」と女性はいった。「あなたは旅に出ることになりそうね。きっとお気にはなさらないでしょうけど。どんな中東見物もレバノンに立ち寄らなければ完全とはいえないものよ」

# 33

「これからどうするんです?」ジャックは女性の笑い声の反響が薄れるといった。

「これから?」女性はいった。唇はまだ笑みを浮かべている。「これから、あなたのアメリカ特殊任務部隊が、世界のこのあたりでは外交交渉で通っていることに挑戦してみてはどうかしら。イスラエルの国にかんするかぎり、この事件はいまやアメリカの問題だから」

ジャックは唾をごくりと呑んで、思案した。部屋中央の地図上では、青い点が点滅をつづけ、彼をあざ笑っている。あるいは、それはもしかすると藍色《あいいろ》の灯台で、彼が危険な岩礁《がんしょう》につっこまないように警告しようとしているのかもしれない。いずれにせよ、女性がこの大失態全体の管轄権を進んで譲り渡すつもりである以上、彼女にはベイルートに部隊を送る気はないことは明白だ。

ジャックはむりもないと思った。イスラエルの歴史で、ベイルートほど極端に評価が分かれる都市はほとんどない。人口二百二十万人、面積二十平方キロメートルのこの都市には、ユダヤ国家で有数の大胆な成功と、もっとも屈辱的な敗北とが、ならんで刻まれている。ベイルートは、未来のイスラエル首相がひきいるコマンドー・チームが女装して上陸して、単独で正義をもたらした場所だ。その正義は、一九七二年のミュンヘン五輪で無防備なイスラエル選手の殺害にかかわったテロリストたちの頭蓋骨に銃弾を撃ちこむことでもたらされた。

同じように、ベイルートは、ユダヤ国家が近代に建国されて以降の激動の歳月に、イスラエルが複数回、包囲占領した都市でもある。二〇〇六年に起きた悲惨な第二次レバノン戦争では、イスラエルはベイルートのラフィク・ハリリ国際空港を攻撃した。原理主義組織ヒズボラを決定的に根こそぎにすることを目的としたレバノン南部への侵攻作戦を支援するためだ。イスラエルの作戦は、戦術的には成功だったかもしれないが、レバノンにおけるヒズボラの占拠を終わらせるという戦略的目的を達成することには失敗した。

戦争が終結したとき、ヒズボラは生きのびてまた戦うことができ、いっぽうイスラエルの軍民の指導者数名は、免職になるか、辞任を余儀なくされた。このレバノンの首都はエルサレムからわずか二百三十七キロの距離にある。飛行機で飛べばほんの十五分だ。しかし、イスラエル国民にとって、ベイルートは別の宇宙に存在するも同然だった。

それでもジャックは、ＳＥＡＬチーム６か陸軍のデルタ・フォースが現われて窮地を救うまで待ってはいられないことを知っていた。時間がもっとも重要であり、ベッカが誘拐犯たちの手中にある一分一分が、誘拐犯が発信器を発見したり、あるいはもっと悪いことに、彼女をアメリカの作戦の手のとどかないところへ移す機会となるのだ。イラクあるいはシリアで人質救出作戦を実施するのはいい。しかし、イランか中国と戦争をおっぱじめるのはまったく別物だ。ジャックにはこの女性にいますぐ行動を起こしてもらう必要があった。救出がまだ可能な範囲にあるうちに。

それはつまり、ちがったアプローチを試みる必要があるということだ。

「ベッカをさらった誘拐犯たちは、ひとりのシン・ベト局員を殺しました」とジャックはいった。「彼女を殺した連中は報復を受けないのですか？」

「あなたはわたしを誤解しているわ」と女性はいった。笑顔はもう消えていた。「われわれに害をなした者たちは、自分たちのやったことの報いを受けることになる。でもそれは、われわれが選んだ時、選んだ場所でよ。われわれはアメリカ合衆国ではないの、ジャック。及び腰でうっかり戦争をはじめる余裕はない。あなたの国と同様、われわれもかつては誇り高かった。そして、あなたたちと同様、われわれも誇りを傷つけられた。わが国の屈辱は第二次レバノン戦争中に起きたものよ。わたしは復讐《ふくしゅう》の要求を満たすためだけに任務を許可したりはしない。われわれはそれよりもっと賢くなければならない」

「たとえドクター・シュウェイガートを捕らえている連中が、イスラエル国家にとって、いまそこにある危機にあたるとしても？」とジャックはいった。

女性は眉根を寄せて怪訝《けげん》そうな顔をした。またしてもジャックは猛禽類と対決している自分に気づいた。

「アメリカ人のジャックさん」と女性はいった。「なにをわたしに話していないの？」

「たくさんあります」とジャックはいった。「きっとあなたがわたしに教えてくれないことがたくさんあるのと同じぐらい。しかし、ベッカの誘拐について、あなたが関心を持つかもしれない詳細がもうひとつあります」

ジャックは先をつづける前に深呼吸をした。まるでその瞬間を引き延ばそうとするかのように。彼には女性の注意をこれからいおうとしていることだけに集中させる必要があった。しかし、ジャックが言葉を切ったのはそのためではなかった。そうではなく、これから起きることのために必要な勇気を奮い起こしていたのだ。

〝遊ぶなら金をはらわねばならない〟

「ドクター・シュウェイガートをターゲットにしていたと思われる情報局員の写真があります」とジャックはいって、携帯電話を取りだし、ピーターからもらった写真までスクロールした。「この男はイスラエルで彼女と会うつもりでした。まさにシン・ベトの鼻先で」

「スパイの写真はいつだってうれしいものよ」と女性はいった。「その写真もぜひいただきたいわね。うちの国内保安部は恐るべきものだけど、誤りもまぬがれない。もしあなたのいうとおりなら、ひとりのスパイがわれわれのどまんなかで発見されずに活動していた、これは憂慮すべきことだわ。でも、行方不明のスパイひとりっきりじゃ、わが国にとって、いまそこにある危機とはほど遠い」

「この男はアメリカなまりの英語を話します」とジャックはいった。「アイダホ州の農家の小せがれのような容貌をしている。こうした特徴は覆面工作員にとって有益です。あなたの国では、千金の価値があるだろうと思います」

「なにがいいたいの？」女性は疑うように目を細く狭めていった。

「わたしがいいたいのは、人はこうした比類のない資質を持つ工作員をたった一回の作戦で危険にさらしたりはしないということです」とジャックはいった。「わたしの推測では、男はたぶん以前イスラエルに来たことがある。この写真をあなたの保安データベースにかけてみなさい。ほかに該当がなければ、心配することはなにもない。しかし、わたしが正しければ、男はたぶんイスラエルでほかのスパイをあやつっている。情報機関が自分たちのもっとも貴重な情報局員を派遣して情報聴取をさせるのを正当化するほど機密性の高い情報を持った、高い地位にある情報資産を。教えてください、このアイダホ州の農家の小せがれはイスラエルのどんな国家機密を収集しに来たと思いますか？」

今度は、円形劇場は完全な沈黙につつまれた。女性はジャックを凝視したが、その顔は無表情だった。しばらくして、彼女はうなずいた。

「写真をくれたら照会しましょう」と女性はいった。「もしあなたのいうとおりなら、首相に電話をかけて、あなたが提案する行動方針を上申する。でもうちの分析員が空振りで戻ってきたら、あなたは手ぶらでここを去るの。いいかしら？」

「いいでしょう」とジャックはいった。

女性はふたたび手を振り、技術者がジャックの横に現われた。ジャックは携帯電話をぬぐってから手渡し、技術者は通常、聖遺物のために取ってあるうやうやしい態度でそれを奉じ去った。それから時間が心を責めさいなむほどゆっくりとすぎていくあいだ、ジャックは自信満々の表情をつづけようとしたが、早鐘のように打つ心臓とむかむかする胃袋はそれとはべつのことを意味していた。

やがて技術者が戻ってきた。

男は座った女性のところに直行すると、上半身をかがめて、耳元でささやいた。女性はブルペンのなかを見つめながら、無表情で聞いていた。男が話しおえると、彼女は一度うなずいてから、ジャックに注意を戻した。

「あなたは結局、ベイルート旅行を手に入れることになりそうね、アメリカ人のジャックさん。あなたがそれを後悔しなければいいけれど」

ジャックはライアン一族の有名な自信に満ちた笑顔で応えた。この場合にはそれがちょうどよかった。たぶん彼は言葉に詰まっただろうからだ。彼がいつか見てみたいと思っている場所はたくさんある。

ベイルートはそのリストに載っていなかった。

# 34

ブラックホーク・ヘリコプターの開いたドアを吹き抜ける突風は、気分をすっきりさせてくれるはずだった。そうではなかった。そのかわりに、潮の気配がするどんよりとした夜気は、湿った毛布のようにうっとうしかった。過去数日間、海はジャックをあざ笑い、その泡立つ緑色の海水は手招きしていた。しかし、いまの彼はビーチに立って、遠くから水を見つめているだけでじゅうぶん満足だっただろう。

たぶんそれは、海がブラックホークの車輪の下わずか三メートルのところにあるせいだった。

ジャックはいつも、ヘリコプターで地形を追随して飛行するのを、生きているうちにやってみたいことのひとつと考えていたが、いまは急速に父の航空機にたいする見かたに同調しつつあった。つまり、航空機というものは地上から見るのがいちばん楽しめるという見かたに。

まるでジャックのけしからぬ思いが聞こえたかのように、ヘリコプターは右に大きくかたむいた。気づくとジャックは泡立つ海以外なにも見えなくなっていた。ぼやけた回転翼の羽根が、激しく上下するうねりのほんの十数センチ先まで下がったように思える。とくに厄介な波は降着装置の上まで達し、水しぶきでジャックをずぶ濡《ぬ》れにした。

それから機体はまっすぐ水平に戻ったが、ジャックの胃袋はそれとはちがうことをいっていた。

「調子はどうだ？」ドゥドゥは、轟《とどろ》く風と、機体を浮かせつづけるために必要な二千軸馬力を発揮する二基のタービン・エンジンに負けないように、言葉を叫んだ。

「すばらしいよ」とジャックは叫び返した。「じつにすばらしい」

今回だけは、ジャックは自分が、ヘリの搭乗員と自分のとなりでベルトを締めて折り畳み式座席に座る重武装のコマンドー隊員十名とチャンネルを共有するヘッドセットをつけていなくてよかったと思った。ジャックの声は、自分の耳にも少しおかしく聞こえた。気分が悪くなって吐くのはいいが、いまからそのあとについて戦闘に突入しようとしている知らない兵士たちの一団に自分がブルっていると思われるのは考えられなかった。だったらすぐさまシートベルトをはずして、渦巻く海に飛びこむほうがましだ。

「あと五分」とドゥドゥはいって、ジャックの二頭筋をつかんでどなった。「目標まであと五分」

ジャックはうなずいた。今度は、声で内心の動揺がばれるのをあまり気にしなかった。それよりも、歯を食いしばって胃を締めつけるのをやめたらヘリコプターの搭乗前にいそいでかき込んだ食事がドゥドゥのシャツにぶちまけられることになるのが怖かった。このヘリコプターの機内に座っているよりヒズボラとの銃撃戦の渦中《かちゅう》にいたほうがましだとジャックに思わせるなんて、現代の戦闘はいったいどうなっているのだろう？

あるいは、もしかするとそれは計画の一部なのかもしれない。もし進入が荒っぽいものになったら、襲撃隊員たちは地上に降り立って、喉にパンチをお見舞いする相手を探すことになる。ジャックが超高速の任務リハーサルで受けた脅威の評価によれば、パンチを食らわす喉に事欠くことはない。もちろん、機体を目まぐるしくひるがえすブラックホークが荒海につっこまずになんとか陸地にたどり着けたとしたらの話だが。

しかしまた、べつの可能性はよりいっそう厳しいものだった。

悲惨な第二次レバノン戦争以降、ベイルートのヒズボラの占拠者たちは、それ自体が事実上の民族国家になっていた。ＡＫ－47とＲＰＧロケット弾とアラーへの熱烈な信仰心だけで武装した粗末な民兵はもはやいない。いまやシーア派のテロリストたちは、イランの後援者たちが提供できる最高のテクノロジーを利用している。ロシア製の次世代熱映像照準器、対戦車ミサイル、狙撃銃、さらには肩撃ち式の地対空ミサイルさえ、レバノンではどれもあたりまえだ。

しかも、これらはモサドが確認した武器にすぎない。もっと厄介なのは、市内全域に出現するロシア製の統合防空システムの噂だ。

ジャックと新しい友人たちは、技術的に劣る敵にたいして限定的な作戦を実行しているのではない。彼らは民族国家に侵攻するのに等しいことをやっていた。水上をかすめる二機のヘリコプターが殺し屋の積荷を下ろせるところまで近づく前に、その接近を探知して飛行機殺しの武器で対応する能力を持つ国に。

だから、イスラエルのパイロットたちは彼らのブラックホークをスピードボートに変えようとしているのだ。

しかし、作戦の成功はレーダーをかいくぐることだけにかかっているわけではなかった。イスラエル人は最大の防御は有効な攻撃だと固く信じている。ジャックとサイエレト・マトカルのコマンドー隊員のチームは、地中海から忍び寄る唯一のイスラエル国防軍の戦力ではなかった。

「見ろ」とドゥドゥはいって、脚に縛りつけたタブレットのほうを指さした。「牽制《けんせい》部隊が向かっている」

ジャックはシン・ベト局員の肩ごしに身を乗りだし、青いアイコンが彼らの目標を表示する作戦グラフィックスにかこまれた地域にさらにじりじりと近づくのを見守った。携帯タブレットは、イスラエルの国防テクノロジーの大半と同様、既存のアメリカ製品の改良品だった。無人機からの映像や、画像のオーバーレイ、さらには友軍の航空機と車輛のリアルタイムの位置を集積した共通の作戦状況を表示する。ようするに、タブレットは、利用者が作戦の展開を見守ることを可能にする。それは、ありていにいうと、この大胆な作戦全体におけるジャックの役割をうまく要約していた――つまり、オブザーバーだ。

「F-35かい?」とジャックはいった。青いアイコンは、胃がむかついていても、彼を魅了した。

「いや《ロー》」とドゥドゥはいって、首を横に振った。「F-15だ。われわれは連中の注意を引きたいんだ、おぼえているだろう?」

ジャックはおぼえていた。作戦を立案するさいに彼の出番はなかったが、彼は任務ごとに編成された各部隊の指揮官が作戦の自分の分担を手短に説明するあいだ、後ろに立っていることを許されていた。ドゥドゥは親切にも通訳を買って出てくれ、ジャックは、二時間足らずでまとめられた計画にしては、作戦はたいしたものだと認めざるを得なかった。

しかしまた、イスラエルは同国を壊滅させようとする敵にかこまれた国だ。イスラエル国防軍の多くの下部組織は短い通告でシームレスに統合することに慣れている。イスラエルには数多くの敵がいるため、たえまない警戒と、変化する状況に順応するすぐれた能力が必要なのである。

この作戦もまた例外ではない。

「あと一分」とドゥドゥがいった。

ジャックはうなずいて、最新情報に感謝したが、その必要はなかった。ヘリコプターの機内は動きであわただしくなり、兵士たちは銃弾を薬室に送りこんで、通信機を点検し、装備の位置をなおして、戦闘を開始する準備をした。ジャックが以前に何度も見た光景だが、今回、彼は、危険な場所に突入しようとする固い絆《きずな》で結ばれた戦士たちの集団の一員ではなかった。

手ごわい国防相は、ベッカの救出をまかされたコマンドー隊員たちに同行するというジャックの要求にしぶしぶ同意はしたものの、無条件では降参しなかった。ジャックを大いに悔しがらせたことに、彼女は自分がつけたいくつかの条件については頑としてゆずらなかった。もっともうんざりする条件は、ジャックの意見では、彼が武器を持たずにチームについていくという要求だった。

あとから思えば、彼女はたぶんジャックのはったりを暴《あば》こうとしていたのだろう。コマンドー部隊といっしょに潜入することを許してくれれば、どんな制約も受け入れるという彼の約束が嘘であることを証明して。しかし、両者が驚いたように、ジャックは彼女の条件に即座に同意した。彼はすでにほしいものを手に入れていたし、時間は刻々とすぎていた。イスラエル人と交渉するのは、骨折り損のくたびれもうけだ。

もっとも、武器を持たずに危険な着陸地域に降り立つのは、ヘリコプターがベイルートに近づくにつれて、一秒ごとにあまり賢くないことのように思えはじめていたが。ジャックが新しい戦友たちのことを信頼していないわけではない——サイエレト・マトカルは全世界のコマンドー部隊のなかでも屈指の作戦歴を持っている。そうではなく、ショーン・コネリーがいみじくもいったように、銃撃戦にナイフを持っていくことには、なにか根本的にまちがったところがあるだけだ。

「ほら、友よ」とドゥドゥがいった。「これがいるかもしれないと思ってね」

ジャックはタブレットから目を上げて、ドゥドゥが台尻《だいじり》を先にして拳銃を差しだしているのを見た。ジェリコ拳銃は彼のお薦めの銃器ではなかったが、ものをもらう側にえり好みはできない。それに、この拳銃は信頼性が高く、向かってくる相手を阻止できる四五口径弾を使用する。なじみのない銃器を使わねばならないとしたら、ジャックはすくなくとも狙った標的にでかい風穴をあけるように作られた銃がほしかった。
「ありがたい」とジャックはいって、ジェリコを受け取り、実弾がこめられていることをざっと確認した。「感謝するよ」

ドゥドゥは彼の有名な肩をすくめる仕草をまたしてみせた。「気にせんでくれ。政治家には政治家のルールがあるが、結局のところ、なにがいちばんかは、戦いに出る戦士が決めるべきだからな。そうじゃないか？」

ジャックはうなずいた。ぜったいにそうだ。彼は自分の父だったらドゥドゥの発言にどう反応するだろうと思い、きっと親父も賛成するだろうと考えた。

アメリカの大半の政治家とちがって、ジャック・ライアン・シニアは、大統領選の駆け引きのためにＣＩＡの職を辞するはるか以前には、海兵隊員だった。彼の父は、戦略的指示をあたえるいっぽうで、現地の戦闘員には戦術的な決断をゆだねることが正しいと信じている。すこしのあいだ、ジャックはぼんやりと、いまこのとき自分の長男坊がイスラエルのコマンドー隊員と肩をならべて座り、レバノンへと向かっていることを知ったら、親父はどう思うだろうと考えた。

そのときヘリコプターが機体を引き起こして、考えごとの時間は終わった。

## 35

ブラックホークは、高い飛び込み台から腹打ち飛び込みをする河馬《かば》の優雅さで、地面につっこんでいった。またしてもジャックは、機体を着陸させて、積荷を下ろそうとするパイロットの熱意を、あながち責められなかった。

双発のＧＥ製ターボシャフト・エンジンが頭上わずか三十センチでまだ咆哮《ほうこう》を上げていたが、ジャックは空に轟く爆発音を聞くことができた。相手の注意をべつの方向に向けるイスラエル軍の作戦は真っ盛りで、ヘリはすでに無事着陸していたものの、ブラックホークのパイロットたちにはまだ、海上に出て窮地を脱する前にレバノン領空を抜ける苦難の飛行が待ちかまえていた。波頭をかすめて飛ぶのはあまり楽しいものではなかったが、ジャックはもうちょっとで、自分と襲撃チームをつぎに待ち受けているものより、さらなるヘリコプターの空旅のほうを取りそうになった。

もうちょっとで。

ジャックは、ブラックホークの回転翼の下で反射的に身をかがめながら貨物室から出た。離れたらふりかえって、パイロットに親指を立てて見せようかと思ったが、エンジン音が突然変わって、その必要はないことがわかった。吹き下ろす回転翼の風が彼に砂とほこりを浴びせ、パンツとシャツを即席の帆に変えた。それから第一ヘリコプターと代替ヘリコプターが両方とも頭上で轟音《ごうおん》を立て、ホームシックにかかった天使のように高度を上げた。やがて二機とも視界から消え、ジャックと十名のイスラエル軍コマンドー隊員を置き去りにした。

スタジアムに。

〈ザ・キャンパス〉に在職中、ジャックはいくつかの風変わりな作戦に参加してきた。というか、ディングが指揮をとる作戦はどれも、なんらかの形や具合で、風変わりなものになる運命にあった。しかし、この馬鹿げた作戦は、そのなかでも堂々の一等賞を取れるかもしれない。ジャックはサッカー場のどまんなかに立っていて、四方をカミール・シャムーン・スタジアムの四万七千席以上ある無人の座席にかこまれていた。すくなくとも、ジャックは座席が無人であってほしいと思った。

スタジアムを隠密の着陸地帯にするのは、実際には、すばらしい作戦上の名案だった。ただし、スタジアムに人がいないかぎりは。そうでなければ、ジャックと彼のイスラエル人の同輩たちは、〝樽《たる》のなかの魚を撃つ〟（「お茶の子さいさい」の意）という表現に新たな意味をあたえる可能性じゅうぶんだった。

「来るんだ、ジャック」ドゥドゥはジャックの肩をつかんでいった。「ここを出ないと」

それにかんしては、ジャックは大賛成だった。国防相は、ＳＥＡＬチーム6がウサマ・ビン・ラーディン急襲に使ったステルス・ヘリコプターによく似たブラックホークで潜入を実行するのにくわえて、作戦の潜入段階でレバノン人とそのヒズボラの居候《いそうろう》をてんてこ舞いにさせておくために、ほかにいくつかの興味深いアイディアを思いついていた。すなわち、二機のヘルメス９００無人機が、判明しているヒズボラの地対地ミサイル貯蔵所に向けて、搭載する精密誘導弾を全弾浴びせるのである。

国防相がジャックにはっきりといったように、イスラエルの国としては、たったひとりのアメリカ人女性を救出し、スパイをひとり取り押さえるためだけに、三度目のレバノン戦争を引き起こすわけにはいかなかった。そのことを考慮すると、彼女が国防相としてこころよく許可することには制限があった。たとえば、レバノン領空のすぐ外で挑発飛行任務を遂行するＦ‐15は容認できた。わかっているヒズボラの拠点にたいするドローン攻撃も同様だ。しかし、通常潜入のために護衛とＣＳＡＲつまり戦闘捜索救難を用意する必要のある、かなりの規模の部隊でレバノンに侵入するのは、別の話だった。

ステルス・ブラックホーク二機で無人のスタジアムに着陸するのは、いい妥協案だった。

しかし、その妥協案がもたらすものは、ジャックと彼のサイエレト・マトカル・チームが最初から最後まで完全に自力だという事実だった。もし困ったことになっても、騎兵隊は来てくれない。これはつぎにチームが危険度の高い作戦地域をできるだけ迅速に通過しなければならないということだった。

たとえば、スタジアムのような地域を。

「いま行くよ」とジャックはいって、姿を消すコマンドー隊員たちのあとから駆けていった。

サイエレト・マトカルは疑いなく、かつて武器を持ったなかでも一、二をあらそう優秀な近接戦闘部隊ではあるが、部隊はもともとアメリカのデルタ・フォースのような直接行動任務のために着想されたわけではなかった。実際には、〝サイエレト〟とは偵察の意味で、組織の創設者たちはそれにもとづいてチームに人員を配置していた。もともと敵領内の奥深くで活動できる小部隊として構想されたため、最初の世代の部隊を構成した隊員たちは、たんなる胆力あるいは軍事技量を超えた理由で選抜された。創設者たちはとりわけ、アラブ人としてとおるイスラエル人を探していた。生まれつきのように言語を話し、青空市場《スーク》やモスクでも場ちがいのように見えない射撃手を。

六十数年後のいま、部隊の理念はがらりと変わっていたが、依然として、姉妹部隊とは任務がちがう分遣隊が存在する。殴られるとアラビア語で罵《ののし》り、敬虔《けいけん》なイスラム教徒のように礼拝する隊員が配属された部隊が。

ようするに、敵の村や家でもくつろげる種類の隊員たちだ。ジャックは自分がいまそうした戦士たちといっしょにいるのに気づいた。それは幸運だった。なぜなら、彼らが着陸したスタジアムは、ヒズボラの作戦本部から車でわずか十五分のところにあるからだ。

ジャックがドゥドゥに追いついたとき、コマンドー隊員たちはスタジアムの屋内にたどりついて、広大なサッカー・フィールドを、何千という観客を座席に出入りさせるために作られた閉ざされた空間や狭い通路と取り替えた。なにかのひねくれた理由で、でこぼこしたコンクリートの壁は心地よく感じられた。スタジアムの身動きがとれない回廊で銃撃戦に巻きこまれたら破滅的だろうが、ジャックはもはやだだっ広いフィールドにむき出しで立っていないことにほっとした。

アラビア語のつぶやきにつづいて、握った拳が高く突き上げられ、集団を立ち止まらせた。ジャックはまだ集団の後尾にいたが、門が閉ざされた前方の入り口から漏れてくる一種のくすんだ灰色の明かりを見ることができた。

「なにを待っているんだ？」とジャックはささやいた。

ついさっきまで、ジャックはくねくねとつづくトンネルの迷路をありがたく思っていた。ところがいまや彼は、正確に投じられた一発の手榴弾《てりゅうだん》が全チームをいかに壊滅させられるかということしか考えられなかった。

ものの見かたがこれほど速く変化するとは驚きだ。

「われわれの接触相手だ」とドゥドゥがささやき返した。「モサドのスパイさ」

ジャックが脱出計画を具体的に説明するサイエレト・チームの指揮官の話にはじめて耳をかたむけて以来何度もそうしてきたように、ジャックの頭は、この同じ組織に所属する小部隊が死を意識してベイルートにこっそり潜入していたべつの時代を思いだした。当時はモサドの工作担当官が、コマンドー隊員たちと落ち合って彼らを目標に運ぶために、フェンスの向こう側で待ちかまえていたのだ。

今回、フェンスの向こう側で待っているのはイスラエル人ではない。

「モサドの誰かが出迎えてくれないのか？」ジャックは自分の考えを口にした。

「国内にモサド局員はいない」とドゥドゥはいった。「この作戦は少々駆け込みだったんでね」

一本取られた《トゥーシェイ》。

これがはじめてではないが、ジャックは、四五口径拳銃よりもうちょっと強力ななにかを持っていればいいのにと自分が思っているのに気づいた。とはいえ、コマンドー隊員も彼よりそれほど重武装というわけではない。レバノンの作戦環境のせいで、襲撃隊員は望ましい作戦手段を使えなかったからだ。そうした手段では、ブラックホーク・ヘリから目標にファストロープで降下して、特殊閃光《せんこう》手榴弾と消音ライフルで一瞬にして建物を掃討し、それからＦ－35の飛行隊が上空掩護《えんご》にあたるなかで、人質を手にして飛び去ることが必要になっただろう。

そのかわりに、隊員たちは、欺瞞《ぎまん》と隠密行動にたよらねばならない。それはつまり、十名の襲撃隊員が平服を着て、容易に隠せる武器を携行するということだ。この場合には、九ミリ弾を使用するＩＷＩ製のＵＺＩだ。短機関銃は近接戦闘にはじゅうぶん以上だが、ライフルではない。したがってライフルのように二、三百メートル先の誰かに気安く手をのばして肩を叩くほどの威力あるいは能力はない。

通常、これは関心事にならない。この規模の作戦なら二個、潜在的には三個の狙撃チームが警戒につくからだ。しかし、ジャックが急速に学びつつあるように、この作戦はなにひとつ通常ではなかった。

「通りは障害なし」とドゥドゥがいった。「移動する」

ジャックはうなずいて、呼吸をゆっくり一定にしようとした。頭のなかでは考えがぐるぐる駆けめぐっている。ジャックは〈ザ・キャンパス〉の同国人たちと何度か危機一髪の作戦に参加したことがあるが、これほど意気消沈したことはなかった。ドゥドゥが気をきかせてくれたおかげで拳銃は持っているが、ジャックは依然として、体のいいオブザーバーにすぎなかった。

あらゆる小規模部隊戦術には共通する要素があるが、それらを実施するやりかたは、部隊ごとに大きくことなる。そのよい例として、ＳＥＡＬチーム６が建物を掃討するときにもちいるＴＴＰ、つまり戦術《タクティクス》、テクニック、そして手順《プロシージャ》は、陸軍の同業者である作戦分遣隊デルタ、別名デルタ・フォースのもちいるものと同様だが、まったく同じではない。しかも、このふたつの第一線部隊は、同じ国の軍隊に所属し、同じ言語を使っているのだ。

ジャックはサイェレト・マトカルのコマンドー隊員とほとんど共有するものがなか

った。彼らの移動テクニック、武器使用戦術、そして手信号は謎だった。人生ではじめて、ジャックは完全に孤立していると感じていた。しかも、撃ち合いははじまってもいない。

いまはまだ。

「離れるんじゃないぞ」とドゥドゥがいった。

ジャックは、自分自身の近接戦闘訓練に立ち返って、返事の印にシン・ベト局員の肩を二度握った。チームはこれから突入しようとしているドアの外で密集隊形を組んでいるわけではなかったが、ジャックは彼らがむき出しも同然だという感じがしてならなかった。たぶん、彼らが角を曲がるときに彼がちらりと見た光景のせいかもしれない。

イスラエル人は概してアメリカの同輩よりきゃしゃな体格の傾向があり、ジャックは同国人の大半より背が高かった。そのため、最後尾の位置からでも、ジャックはやすやすとコマンドー隊員たちの頭と肩ごしに見ることができた。彼は自分が見た光景に胃をぎゅっと締めつけられた。先頭のコマンドー隊員がスタジアムの入り口をふさぐアコーディオン式の門で錠前に取り組むいっぽうで、密集隊形のナンバー２とナンバー３はＵＺＩで警戒にあたっている。

門の向こう側には、ベイルートがおぼろげに見えた。

任務前の状況説明によれば、チームはスタジアムの東側から出ることになっていた。この施設は、南北に走る幹線道路で西側を、さえぎるもののない広い歩行者エリアで北側と南側をかこまれていた。東側では、狭い道がスタジアム周辺を蛇行して複数の枝道に分かれ、西の幹線道路五十一号線への接続と、南と東のヒズボラ支配地域への複数の侵入地点をともに提供している。

しかし、この接近手段は、代償をともなっていた。

東側では、スタジアムをのぞんで、集合住宅が何列も立ちならんでいた。集合住宅の向こう側には、脇道にかこまれて、人の出入りの多いモスクが鎮座するいっぽうで、パレスチナ人難民キャンプは南東に歩いてわずか十分の距離にある。イスラエルのサイバー戦士たちがつとめをはたして、ベイルート全市は一時的に停電していたが、暗闇は慰めとはならなかった。軽武装のコマンドー隊員十名のチームは、驚くほど無防備だった。

ジャックが見守っていると、一台の救急車が縁石のそばに停まった。

「まずい」とジャックはいって、コンクリートの壁にへばりついた。

「ちがう《ロー》、ちがう《ロー》、そうじゃない《ロー》」ドゥドゥは首を横に振った。「あれがわれわれの接触相手だ」

まるでそれが合図でもあったかのように、救急車のヘッドライトが消えた。やがて運転手が救急車から降りてきて、ボンネットを開けると、その下にもぐりこんだ。しばらくして出てくると、バンパーを回っていって、助手席のドア近くの歩道に立った。運転手はポケットから携帯電話を出して、電話をかけているようだ。遠すぎて言葉は聞こえないが、声の調子と表情豊かな身ぶりから、会話が楽しいものではないことがうかがえた。

男はうんざりしたように首を振ると、携帯電話をポケットに戻した。それからジャックは小さな炎がともって、男が煙草《たばこ》に火をつけるのを見た。男は長々と煙を吸いこんでから、前輪と同じ高さまで歩道にしゃがみ込んだ。

「すべて障害なし」とドゥドゥがいった。「行くぞ」

ナンバー1がありえないほど騒々しく金属をきしませながら、ゆっくりと門を開けた。こんなときには、アドレナリンで高ぶった五感があらゆるものを誇張するものだが、ジャックはまだ尻込みしていた。南東方向で誘爆が轟いて、地平線を照らしだし、スタジアムとそのイスラエル人訪問者たちから注意をそらした。それでもジャックはおちつかなかった。彼と新しい友人たちが、スタジアムの外と救急車後部の手前側の歩行者遊歩道にはさまれた直線状の危険地帯をできるだけ早く横断すれば、それに越したことはなかった。

イスラエル人たちは散開した不規則な隊形で、さえぎるもののない地面を早足で進み、迅速に移動することと走ることとの折り合いをつけようとした。走ればまちがいなく注意を引くだろう。隊形のナンバー１とナンバー２が、スタジアムと待ち受ける救急車との中間地点を越え、ジャックは安堵《あんど》のため息を漏らした。

そのとき、夜の闇が銃声につつまれた。

（下巻へ続く）

**L・ホワイト**
**矢口誠訳**
## 気狂いピエロ
運命の女にとり憑かれ転落していく一人の男の妄執を描いた傑作犯罪ノワール。あまりに有名なゴダール監督映画の原作、本邦初訳。

**D・E・ウェストレイク**
**木村二郎訳**
## ギャンブラーが多すぎる
ギャンブル好きのタクシー運転手が殺人の容疑者に。ギャングにまで追われながら美女とともに奔走する犯人探し——巨匠幻の逸品。

**P・ベンジャミン**
**田口俊樹訳**
## スクイズ・プレー
探偵マックスに調査を依頼したのは脅迫された元大リーガー。オースターが別名義で発表したデビュー作にして私立探偵小説の名篇。

**W・グレアム**
**三角和代訳**
## 罪の壁
善悪のモラル、恋愛、サスペンス、さまざまな要素を孕み展開する重厚な人間ドラマ。第1回英国推理作家協会最優秀長篇賞受賞作！

**C・R・ハワード**
**高山祥子訳**
## 56日間
パンデミックのなか出会う男女。二人きりの愛の日々にはある秘密が暗い翳を投げかけていた。いま読むべき奇跡のサスペンス小説！

**T・R・スミス**
**田口俊樹訳**
## チャイルド44（上・下）
CWA賞最優秀スリラー賞受賞
連続殺人の存在を認めない国家。ゆえに自由に凶行を重ねる犯人。それに独り立ち向かう男——。世界を震撼させた戦慄のデビュー作。

J・ノックス
池田真紀子訳

**堕落刑事**
—マンチェスター市警
エイダン・ウェイツ—

ドラッグで停職になった刑事が麻薬組織に潜入捜査。悲劇の連鎖の果てに炙りだした悪の正体とは……大型新人衝撃のデビュー作！

J・ノックス
池田真紀子訳

**笑う死体**
—マンチェスター市警
エイダン・ウェイツ—

身元不明、指紋無し、なぜか笑顔——謎の死体〈笑う男《スマイリー》〉事件を追うエイダンに迫る狂気の罠。読者を底無き闇に誘《いざな》うシリーズ第二弾！

J・ノックス
池田真紀子訳

**スリープウォーカー**
—マンチェスター市警
エイダン・ウェイツ—

癌で余命宣告された一家惨殺事件の犯人が病室内で殺害された……。ついに本格ミステリーの謎解きを超えた警察ノワールの完成型。

J・M・ケイン
田口俊樹訳

**郵便配達は二度ベルを鳴らす**

豊満な人妻といい仲になったフランクは、彼女と組んで亭主を殺害する完全犯罪を計画するが……。あの不朽の名作が新訳で登場。

W・テヴィス
小澤身和子訳

**クイーンズ・ギャンビット**

孤児院育ちのベスはチェスの天才。薬と酒への依存と闘いながら男性優位のチェス界で頂点を目指す。世界的大ヒットドラマの原作。

E・レナード
村上春樹訳

**オンブレ**

「男《オンブレ》」の異名を持つ荒野の男ジョン・ラッセル。駅馬車強盗との息詰まる死闘を描いた傑作西部《ウェスタン》小説を、村上春樹が痛快に翻訳！

S・キング
永井 淳訳

**キャリー**

狂信的な母を持つ風変りな娘――周囲の残酷な悪意に対抗するキャリーの精神は、やがてバランスを崩して……。超心理学の恐怖小説。

S・キング
山田順子訳

**スタンド・バイ・ミー**
―恐怖の四季 秋冬編―

死体を探しに森に入った四人の少年たちの、苦難と恐怖に満ちた二日間の体験を描いた感動編「スタンド・バイ・ミー」。他1編収録。

S・キング
浅倉久志訳

**ゴールデンボーイ**
―恐怖の四季 春夏編―

ナチ戦犯の老人が昔犯した罪に心を奪われた少年は、その詳細を聞くうちに、しだいに明るさを失い、悪夢に悩まされるようになった。

S・キング
白石 朗他訳

**第四解剖室**

私は死んでいない。だが解剖用大鋏は迫ってくる……切り刻まれる恐怖を描く表題作ほかO・ヘンリ賞受賞作を収録した最新短篇集！

S・キング
浅倉久志他訳

**幸運の25セント硬貨**

ホテルの部屋に置かれていた25セント硬貨。それが幸運を招くとは……意外な結末ばかりの全七篇。全米百万部突破の傑作短篇集！

ブコウスキー
青野 聰訳

**町でいちばんの美女**

救いなき日々、酔っぱらうのが私の仕事だった。バーで、路地で、競馬場で絡まる淫猥な視線。伝説的カルト作家の頂点をなす短編集！

**シャーロック・ホームズの冒険**
C・ドイル
延原謙訳

ロンドンにまき起る奇怪な事件を追う名探偵シャーロック・ホームズの推理が冴える第一短編集。「赤髪組合」「唇の捩れた男」等、10編。

**シャーロック・ホームズの帰還**
C・ドイル
延原謙訳

読者の強い要望に応えて、作者の巧妙なトリックにより死の淵から生還したホームズ。帰還後初の事件「空家の冒険」など、10編収録。

**シャーロック・ホームズの思い出**
C・ドイル
延原謙訳

探偵を生涯の仕事と決める機縁となった「グロリア・スコット号」の事件。宿敵モリアティ教授との決死の対決「最後の事件」等、10短編。

**シャーロック・ホームズの事件簿**
C・ドイル
延原謙訳

知的な風貌の裏側に恐るべき残忍さを秘めたグルーナ男爵との対決を描く「高名な依頼人」など、難事件に挑み続けるホームズの傑作集。

**緋色の研究**
C・ドイル
延原謙訳

名探偵とワトスンの最初の出会いののち、空家でアメリカ人の死体が発見され、続いて第二の殺人事件が……。ホームズ初登場の長編。

**四つの署名**
C・ドイル
延原謙訳

インド王族の宝石箱の秘密を知る帰還少佐の遺児が殺害され、そこには〝四つの署名〟が残されていた。犯人は誰か？　テムズ河に展開される大捕物。

C・ドイル
延原謙訳

**バスカヴィル家の犬**

爛々と光る眼、火を吐く口、全身が青い炎で包まれているという魔の犬——恐怖に彩られた伝説の謎を追うホームズ物語中の最高傑作。

C・ドイル
延原謙訳

**恐怖の谷**

イングランドの古い館に起った奇怪な殺人事件に端を発し、アメリカ開拓時代の炭坑町に跋扈する悪の集団に挑むホームズの大冒険。

C・ドイル
延原謙訳

**シャーロック・ホームズ最後の挨拶**

引退して悠々自適のホームズがドイツのスパイ逮捕に協力するという異色作「最後の挨拶」など、鋭い推理力を駆使する名探偵ホームズ。

C・ドイル
延原謙訳

**シャーロック・ホームズの叡智**

親指を切断された技師がワトスンのもとに駆込んでくる「技師の親指」のほか、ホームズの活躍で解決される八つの怪事件を収める。

延原謙訳

**ドイル傑作集（I）**
—ミステリー編—

奇妙な客の依頼で出した特別列車が、線路上から忽然と姿を消す「消えた臨急」等、ホームズ生みの親によるアイディアを凝らした8編。

延原謙訳

**ドイル傑作集（II）**
—海洋奇談編—

十七世紀の呪いを秘めた宝箱、北極をさまよう捕鯨船の悲話や大洋を漂う無人船の秘密など、海にまつわる怪奇な事件を扱った6編。

ポー
巽孝之訳

**黒猫・アッシャー家の崩壊**
—ポー短編集I ゴシック編—

昏き魂の静かな叫びを思わせる、ゴシック色、ホラー色の強い名編中の名編を清新な新訳で。表題作の他に「ライジーア」など全六編。

ポー
巽孝之訳

**モルグ街の殺人・黄金虫**
—ポー短編集II ミステリ編—

名探偵、密室、暗号解読——。推理小説の祖と呼ばれ、多くのジャンルを開拓した不遇の天才作家の代表作六編を鮮やかな新訳で。

ポー
巽孝之訳

**大渦巻への落下・灯台**
—ポー短編集III SF&ファンタジー編—

巨匠によるSF・ファンタジー色の強い7編。サイボーグ、未来旅行、ディストピアなど170年前に書かれたとは思えない傑作。

H・P・ラヴクラフト
南條竹則編訳

**インスマスの影**
—クトゥルー神話傑作選—

頽廃した港町インスマスを訪れた私は魚類を思わせる人々の容貌の秘密を知る——。暗黒神話の開祖ラヴクラフトの傑作が全一冊に！

H・P・ラヴクラフト
南條竹則編訳

**狂気の山脈にて**
—クトゥルー神話傑作選—

古き墓所で、凍てつく南極大陸で、時空の狭間で、彼らが遭遇した恐るべきものとは。闇の巨匠ラヴクラフトの遺した傑作暗黒神話。

H・P・ラヴクラフト
南條竹則編訳

**アウトサイダー**
—クトゥルー神話傑作選—

廃墟のような古城に、魔都アーカムに、この世ならざる者どもが蠢いていた——。作家ラヴクラフトの真髄、漆黒の十五編を収録。

# 奪《だっ》還《かん》のベイルート（上）

新潮文庫　ク－28－77

*Published 2023 in Japan*
*by Shinchosha Company*

令和五年二月一日発行

訳者　村《むら》上《かみ》和《かず》久《ひさ》

発行者　佐藤隆信

発行所　株式会社新潮社

郵便番号　一六二―八七一一
東京都新宿区矢来町七一
電話　編集部(〇三)三二六六―五四四〇
　　　読者係(〇三)三二六六―五一一一
https://www.shinchosha.co.jp

価格はカバーに表示してあります。

乱丁・落丁本は、ご面倒ですが小社読者係宛ご送付ください。送料小社負担にてお取替えいたします。

印刷・株式会社光邦　製本・株式会社大進堂



ISBN978-4-10-247277-4 C0197